Schlagseite

Annette K. Birchmeier

Daniel W. Bucher

Crea

Verlag CH-8623 Wetzikon

Herausgegeben unter dem Patronat von

Schweizerische Vereinigung für hirnverletzte Menschen
Beckenhofstrasse 70, CH-8006 Zürich, Tel. 01-360 30 60/Fax 360 30 66

Schweizerische Arbeitsgemeinschaft für Aphasie
Zähringerstrasse 19, CH-6003 Luzern, Tel. 041-240 05 83/Fax 240 07 54

Heidi und Oskar Bucher gewidmet

© Crea Verlag, CH-8623 Wetzikon
1996, 2. Auflage

Umschlaggestaltung: Jacques Isler, Gockhausen, Zürich
Satz und Druck: Fotorotar AG, Egg, Zürich

ISBN 3-9521116-9-4

Inhaltsverzeichnis

Gott, was ist Glück:
eine Griessuppe, eine Schlafstelle,
keine körperlichen Schmerzen –
das ist schon viel.

Theodor Fontane

Das Verhängnis

Es war Mitte Oktober 1988. In der Gemeindeverwaltung häufte sich die Arbeit. Anfangs November war die Vormundschaftsbehörde zu einer Sitzung einzuladen. Ich musste die Anträge zu neun Geschäften erarbeiten und begründen. Danach war ich für die Durchführung der Beschlüsse verantwortlich. Bereits in vier Wochen sollte eine weitere Sitzung folgen. Geschäfte der Vormundschaftsbehörde verlangen ein zeitraubendes Aktenstudium. Zudem müssen Gespräche mit Behörden und Betroffenen geführt werden. Das sind oft schwierige und unerfreuliche Verhandlungen. Ich stand mitten in den Vorbereitungsarbeiten zur letzten Sitzung des Jahres, an der ich nicht mehr teilnehmen sollte. Indem ich zurückblicke, steigt jene Zeit wieder auf. Für Augenblicke bewege ich mich nochmals auf dem scheinbar so sicheren Boden meiner Erfolgsbahn, noch keine 25 Jahre alt, mit dem Diplom eines Ratsschreibers beinahe in meiner Tasche. Erst aus der Rückschau erkenne ich die drohenden Schatten, sehe den Abgrund, auf den sich mein Weg zubewegte.

Mitten in der Arbeit beginnt es im Kopf zu hämmern. Es flimmert vor meinen Augen. Die Dinge im Raum scheinen in weite Ferne gerückt. Der Puls beschleunigt sich. Immer wieder wasche ich mein Gesicht mit kaltem Wasser, lasse Wasser über meine Arme rinnen, um den Puls zu beruhigen. Ich ziehe mich in mein Büro zurück, schirme mich gegen Aussen ab. Nach einer Weile verschwindet der Spuk. Ich atme auf, aber nur für kurze Zeit.

Die Anfälle wiederholen sich, manchmal schon nach Stunden, manchmal erst nach Tagen. In der folgenden Woche gehe ich zum Arzt. Er fragt nach meinem Lebensrhythmus, erkundigt sich nach meinen Gewohnheiten. Auffälliges kann ich nicht berichten. Von Sportverletzungen abgesehen, war ich immer gesund, ja, ausgesprochen fit. Gewiss, ich habe als Junge gelegentlich an Migräne gelitten, doch nur in grossen Zeitabständen. Aufmerksam hört der Arzt mich an. «Stress», meint er, «machen Sie Ferien und ruhen Sie sich aus, dann wird sich alles wieder geben.» Diesem Rat kann ich nicht folgen. Die Geschäfte leiden keinen Aufschub. So mir nichts dir nichts ausspannen, kann ich nicht. Niemand würde das verstehen. In der Abteilung der allgemeinen Verwaltung unterstehen mir sechs Mitarbeiter. Das verpflichtet mich zu gutem Beispiel.

Die Kopfschmerzen kehren zurück. Aus dem Hinterhalt springen sie mich an, um sich alsdann ebenso unfassbar wieder wegzuschleichen. Meine Eingeweide erheben sich. Bauchkrämpfe klemmen mir den Atem ab, Durchfall höhlt mich aus. Ich wechsle den Arzt, wende mich an einen Spezialisten für innere Medizin. Wieder hört der Arzt sich meine Geschichte aufmerksam an. Er bemerkt, dass ich unregelmässig esse und zuwenig schlafe. Er vermutet ein durch Stress bedingtes Darmgeschwür und führt eine gründliche Magen-Darmuntersuchung durch. Nach wenigen Tagen erhalte ich seinen Bericht: Alles ist in bester Ordnung. Ich atme auf, fühle mich in meinem Lebensgefühl bestärkt: Ich bin ein gesunder junger Mann, sportlich, tüchtig, unternehmungslustig und erfolgreich. Was sollte mir da fehlen? Ich übernehme die Diagnose «Stress», treibe etwas weniger Sport, versuche, schonender mit mir umzugehen. Doch die Anfälle von Kopfschmerzen haben mich im Griff und mit ihnen die heimliche Angst. Unmerklich gerät mein Leben aus den Fugen.

Inzwischen ist es November geworden. Ich werde auf eine mir fremde Art von sexuellen Wünschen umgetrieben. An Gelegenheiten fehlt es nicht. Mein Tag bewegt sich zwischen Arbeit, Unterhaltung und Bett. Nur zum Schlafen komme ich wenig. Täglich werde ich aggressiver. Eines Morgens ruft mich mein Vorgesetzter in sein Büro. Tags zuvor hat eine Kadersitzung stattgefunden, an der sich die Teilnehmer nur zögernd äusserten, obschon auch sie nicht mit allem zufrieden waren. Ich hielt sie allesamt für Duckmäuser, sagte das ganz unverhohlen, worauf die Runde völlig verstummte.

Da sitzt also der Ratsschreiber, ein ruhiger und besonnener Mann, stets um ein gutes Arbeitsklima bemüht, mit hochrotem Kopf mir gegenüber hinter seinem Schreibtisch: «Herr Bucher, so geht das nicht! Sie müssen sich besser in den Griff bekommen. Immer wieder vergreifen Sie sich in Ton und Wortwahl! Wir wollen doch aufbauend zusammen arbeiten.» Ich schweige verstockt. Sein Verhalten kommt mir merkwürdig vor. Bei mir sehe ich keinen Fehler, denke vielmehr: «Ich und im Ton daneben! Das gibt es ja nicht! Alles wird kritisiert. Aus Fliegen werden Elefanten gemacht! Der soll mir mal! Bei Frauen komme ich stets gut an. Ich bin gewiss kein Rüpel!» Ich verdränge die nagende Angst, will mir nicht eingestehen, dass etwas nicht mehr stimmt, dass mein Leben meiner Selbstkontrolle entgleitet. So übersehe ich die Warnzeichen. Selbst die Kopfschmerzen nehme ich nur noch wahr, wenn sie auftreten, gleich danach vergesse ich sie.

An einem Montag, Mitte November 1988 bin ich an einem Seminar der Vorgesetztenschulung in Wädenswil. Für den Abend habe ich mich mit einem Arbeitskollegen verabredet. Wir wollen uns an der Expo Vina treffen. Diese Weinmesse findet jedes Jahr auf drei Dampfern am Landesteg «Bürkliplatz» in Zürich statt.

Schon am Morgen nagt ein leiser Schmerz in meinem Kopf. Um elf Uhr ist er zum betäubenden Hämmern geworden. Mit angehaltenem Atem harre ich bis zur Mittagspause aus. Nach dem Essen bitte ich die Bedienung um eine Pille gegen Kopfschmerzen. Ich schlucke die Tablette, spüle sie mit mehreren Gläsern Wasser hinunter, als müsste ich die Schmerzen wegschwemmen. Wie soll ich den Nachmittag überstehen? Endlich wirkt die Tablette. Ein Gefühl unendlicher Leere überkommt mich. Es stört mich nicht. Entgegen meiner Gewohnheit komme ich zu spät in die Vorlesung. Meine Umgebung scheint wie durch Nebel entrückt. Teilnahmslos lasse ich mich von den Worten des Vortrags berieseln.

Um sechs Uhr fahre ich nach Zürich, um dort meinen Kollegen zu treffen. Als dieser mich sieht, ruft er belustigt aus: «He! He! seid ihr heute an einem Winzerfest gewesen? Wenn ich dich betrachte, scheint mir, ihr hättet im Kurs sehr tief ins Glas geguckt!» Selber bemerke ich keinerlei Veränderung an mir. Lachend antworte ich: «Alles palleti, heut geht's rund!»

Wir begeben uns also zum See. Ich schwanke durch die Weinschiffe, was weiter nicht auffällt. Wir essen eine Portion Raclette und trinken dazu eine Flasche Weisswein. Dann gehen wir wieder an Land und beschliessen den Abend in der Bar James Joyce. Wir verlassen das Lokal noch vor Mitternacht. Draussen fühle ich mich jäh ins Nichts geworfen, denn ich weiss nicht mehr, wo mein Wagen steht. Nie zuvor ist mir Vergleichbares zugestossen, dabei habe ich schon manche Nacht durchzecht. «Weisst Du, wo ich meinen Wagen geparkt habe?» frage ich verlegen. Mein Kollege weiss es. Mit belustigtem Lächeln verrät er mir den Standort. Auf dem Weg dorthin scheint mein rechter Fuss dauernd gegen Steine zu stossen. Es folgt eine gespenstische Heimfahrt. Vor einem Rotlicht ziehe ich auf ebener Strecke die Handbremse an, weil ich den Wagen rückwärts rollen fühle. Zu Hause lege ich mich mit den Kleidern ins Bett. Ich will schlafen, nur noch schlafen. In meinem Kopf breitet sich gnadenloses Hämmern aus. Voller Widerwillen kreisen meine Gedanken um den nächsten Kurstag. Dann dämmere ich weg.

Tags darauf weckt mich morgens um halb neun Uhr ein Klingeln. Auf dem Weg zum Telefonapparat versagen meine Beine. Ich falle zweimal hin und schaffe es dann doch, an den Hörer zu gelangen. «Hallo!» sagt die Stimme meines Kollegen vom Weinschiff. Er ruft aus der Gemeindeverwaltung an: «Was ist los? Warum kommst du nicht zur Arbeit?» Ich erkläre, dass auf meinem Programm heute ein zweiter Kurstag steht. «Was? Wie?» tönt es zurück. Dann knackt es in der Leitung. Nun meldet sich das Sekretariat des Gemeinderatsschreibers. Wieder geht die Sekretärin nicht auf meine Erklärungen ein. Statt einer Antwort höre ich erneut ein Knacken in der Leitung. Nun meldet sich das Sekretariat der Gesundheitsbehörde. Inzwischen geht es mir schlechter und schlechter. Die Stimme der Sekretärin dringt wie aus weiter Ferne zu mir: «Ich rufe den Arzt und komme bei dir vorbei.» Kurze Zeit später erscheint sie bei mir. Der Arzt hat ihr geraten, sofort mit mir ins Kantonsspital zu fahren. Zusammen gehen wir zu ihrem Wagen. Irgendwie kann ich mich nur mit erheblicher Mühe fortbewegen. Auch Sprechen ist schwierig, da die Zunge sich zusehends langsamer bewegt. Angstvoll wiederhole ich immer wieder dieselbe Frage: «Bin ich jetzt querschnittgelähmt?» Den Begriff kenne ich von Berichten über Sportunfälle. Es gelingt meiner Begleiterin, mir diese Angst zu nehmen. Endlich erreichen wir das Spital. Mit Grauen sehe ich einen Pfleger mit einem Rollstuhl herbeieilen. Von dem was folgt, bleiben nur die Erinnerungsfetzen verzweifelter Gedanken: Rollstuhl, querschnittgelähmt, nie mehr gehen. Die nächsten drei Tage liegen im Dunkeln. Irgendwann werde ich mit Blaulicht im Krankenwagen weggefahren, höre Motorengeräusch, die Sirene, Hupen. Aus der Tiefe meines Gedächtnisses steigt als Fata Morgana meine Motorradzeit auf, als manchmal hinter der Kurve ein Schutzengel zu winken schien und flüsterte: «Trage dir Sorge und fahre nicht so aggressiv.» Jetzt bin ich wieder König der Strasse, spüre den Fahrtwind und das Drehmoment meiner 750 ccm Maschine, höre den kernigen Sound, immer mit einem Bein im Jenseits und doch im Bewusstsein sicheren Bodens. Die Gegenwart ist mir entglitten. Ich wähne mich in der Vergangenheit.

Ich verbringe mit Kollegen Ferien in Thailand. Wir mieten schwere Maschinen und fahren abends in kurzen Hosen mit Sonnenbrille und ohne Helm auf dem Highway in Pattaya. Es macht Spass, Wärme und Geschwindigkeit zu spüren. Immer wieder steigen wir ab, parken unsere Maschinen, gehen auf Abenteuer aus. Erst in der Frühe fahren wir zum Hotel zurück. Plötzlich überholt uns bei hoher Geschwindigkeit ein einheimischer Taxifahrer. Nur knapp können wir einen Sturz vermeiden. Soviel Glück hätte uns für Wochen reichen sollen. Doch wir verfolgen, durch unseren verletzten Stolz angestachelt, den Taxifahrer: «Dem werden wir es zeigen!» Endlich lässt er sich in einer Einbahnstrasse zwischen umgekippten Abfallkübeln stellen. Dunkelheit und Gestank umgeben uns. Aus dem Schatten der Häuser tauchen bedrohliche Gestalten auf. Ich gehe auf den

Fahrer los und will ihn verprügeln. Da ruft mein Freund: «Pass auf, der Kerl hat ein Messer!» Ich ziehe meinen Kopf zurück, doch der Thai hat mir den Hals schon aufgeschlitzt. «Blut, Blut!» schreit mein Freund, «komm, wir hauen ab!» Er startet seine Maschine und braust davon. Meine Maschine will nicht anspringen. Im Rückspiegel sehe ich den Thai wieder auf mich zukommen. Er erreicht mich, bevor ich fliehen kann. Ich muss ihm versprechen, die Polizei nicht einzuschalten. Ich bin bereit, alles zu versprechen, wenn er mich bloss gehen lässt. Endlich komme ich weg. Nach langer Irrfahrt erreiche ich blutüberströmt das Hotel. Bei meinem Anblick schreit die Empfangsdame auf. Sogleich will sie die Polizei verständigen. «No police, no police!» stammle ich fassungslos. Jetzt kommt nach langer Suche mein Freund angefahren. Er hat vor unserem Hotel mein Motorrad erkannt. Zu Fuss gehen wir in eine 24Stunden-Klinik. Dort muss erst ein Arzt geweckt werden. Als er sich die Wunde anschaut, bemerkt er: «Wäre die Klinge nur wenige Millimeter tiefer gedrungen, hätte sie die Luftröhre verletzt. Sie hätten dann keine Luft mehr bekommen und wären erstickt.» Bei dieser Schilderung packt mich noch im Nachhinein der Schreck. Im Hotel zurück, spülen wir ihn in der Bar hinunter, bis draussen in strahlender Schönheit die Sonne eines neuen Tages hochkommt.
Andere Bilder drängen nach. Ich sehe einen gepflasterten Weg und weiss nicht, wohin er führt. Das Bilderbuch meiner Erinnerungen wird zu rasch umgeblättert. Mein Leben scheint wie ein Film vor meinen Augen abzulaufen. Immer schneller folgen sich die Bilder, kaum kann ich sie noch erkennen. Dann zerfliesst alles in Nebel. Ist das mein Weg in die Zukunft? Da taucht aus dem Schatten die Gestalt meiner Vorgängerin im Amt auf. Ein von Leiden entstelltes Antlitz blickt mich an. Die Kollegin starb mit fünfundvierzig Jahren an einem Hirntumor. Dann entschwindet auch dieses Gesicht im Zwielicht, das mich umgibt. Die Zeit zwischen Mitte November und Weihnachten 1988 liegt im Dunkeln. Ich kenne sie nur aus Mutters Bericht.

Mutters Tagebuch

Montag, 14.11.1988
Rückflug von Kenia. Wir landen um vier Uhr nachmittags auf dem Flughafen Zürich Kloten. Am Abend rufen wir Dani an. Er ist nicht zu Hause.

Dienstag, 15.11.1988
Wir rufen in der Gemeindeverwaltung an. Unser Sohn ist an einem Seminar.

Mittwoch, 16.11.1988
Wir rufen nochmals an. Wieder heisst es, er sei nicht anwesend. Um sechs Uhr abends hören wir endlich etwas.
Dani telefoniert aus dem Kantonsspital Winterthur und sagt: «Erschreck nicht und mach dir keine Sorgen! Ich habe bloss auf der rechten Seite kein Gefühl und im Arm keine Kraft mehr.»
Mein Mann Oski, unser ältester Sohn Roger mit seiner Freundin Susanne und ich fahren sogleich ins Spital. Daniel ist allein in einem Zimmer. Er freut sich, uns zu sehen, erzählt von seinem Seminar und wie es am Dienstag mit Kopfschmerzen begonnen habe. Wir sind bestürzt: Dani im Spitalbett, sein Gesicht schief, das rechte Auge weit geöffnet, die Pupille geweitet und starr! Wir versuchen, unseren Sohn zu beruhigen. Es geht ihm nicht gut. Alle fünfzehn Minuten kommt ein Pfleger herein, um seinen Zustand zu kontrollieren.

Wir wissen nicht, was geschehen ist. Mit unseren Fragen werden wir an den zuständigen Arzt verwiesen, doch es ist spät. Er ist nicht mehr erreichbar. Wir fahren in grosser Sorge nach Hause.
Warten auf Godot? – Nein, das läuft mir gegen den Strich. Warten bedeutet für mich abgeschoben, hilflos jemandem ausgeliefert sein. Warten bedeutet auf dem Abstellgleis stehen, mit schrecklichen Gedanken im Kopf und Tränen der Verzweiflung in den Augen.

Donnerstag, 17.11.1988, morgens
Dani ist jetzt in einem Zimmer mit sechs Betten zusammen mit drei älteren Herren und einem 18jährigen Drogensüchtigen, der an Gelbsucht leidet. Soeben hat die Visite stattgefunden. Dani erzählt uns, die Ärzte hätten ihm erklärt, dass er mit Valium beruhigt würde. Das weitere Vorgehen sei mit Professor Yasargil abgesprochen, und am Montag würde er nach Zürich ins Universitätsspital verlegt.
Ich versuche, einen zuständigen Arzt zu sprechen, was mir endlich gelingt. Jetzt erst erfahre ich, was geschah: Dani hat eine Hirnblutung erlitten. Mit dem Professor stehe man laufend in Verbindung. Mit dieser Auskunft bin ich nicht zufrieden. Ich frage den Arzt, ob man bis Montag nicht kostbare Zeit verliere. Er verneint das, verspricht aber, nochmals mit dem Professor zu telefonieren und mir am späten Nachmittag darüber zu berichten.
Nun gehe ich zu Daniel zurück, erzähle von dieser Unterredung und verspreche ihm, am Nachmittag zurückzukommen.
14 Uhr
Daniel ist nicht mehr in seinem Zimmer. Ein grausames Bild: das Bett leer, Uhr und Geldbörse auf dem Nachttisch. Schreckliche Gedanken schiessen durch meinen Kopf. Ich laufe durch den Gang, suche jemanden, der etwas weiss. Endlich erhalte ich Auskunft – Dani ist unterwegs nach Zürich: Schweissperlen von der Stirn abwischen, Adrenalinspiegel senken und den Puls auf ein vernünftiges Mass zurückbringen.
18 Uhr
Oski und ich sind ins Universitätsspital gefahren. Dani ist in einem Einzelzimmer der neurochirurgischen Abteilung. Er wird

14

flach gelagert und bekommt kein Valium mehr. Er fantasiert, diktiert Briefe des Gemeinderates und verfasst Beschlüsse der Vormundschaftsbehörde.

Freitag, 18.11.1988, nachmittags
Dani bekommt eine kortisonähnliche Medizin, die das Abschwellen der Hirnblutung beschleunigen soll. Er ist wach, aber die Lähmung der rechten Seite hat sich verschlimmert. Das macht ihn ungeduldig.
Abends um sechs Uhr findet mit einem Stellvertreter von Professor Yasargil eine Konferenz statt, an der Oski, Danis Zwillingsbruder Bruno, seine Freundin Petra und ich teilnehmen.
«Die Blutung drückt auf das Hirn. Sie werden viel Geduld brauchen. Es kann Tage oder Wochen dauern, bis sich die Schwellung zurückbildet; dann werden wir entscheiden, ob operiert wird», erklärt uns der Arzt. «Morgen wird ihr Sohn auf die Intensivstation verlegt; die ständige Überwachung ist notwendig. Sie können ihn am Nachmittag dort besuchen.»

Samstag, 19.11.1988, nachmittags
Wir betreten mit Herzklopfen das Spital. Wir waren noch nie auf einer Intensivstation. Jetzt liegt unser Sohn dort. Warum? Solche Gedanken sind schrecklich. Wir gehen im langen Gang auf und ab. Endlich fassen wir Mut und fragen nach der Station. Wir desinfizieren vor der Türe die Hände, dann klopfen wir an. Die Türe geht auf, wir treten ein. Warme Luft strömt uns entgegen. Es riecht nach Medikamenten und Desinfektionsmitteln. Uns wird beinahe übel. Auf beiden Seiten des Zimmers sind je zwei Betten mit seitlich hochgezogenen Gittern. Wir sehen zwei ältere Männer und ein etwa 13jähriges Kind. Es ist kahlköpfig und dünkt uns sehr krank und schwach. Die Betten sind durch hellblaue Plastikvorhänge voneinander getrennt. Unser Sohn liegt vor der Fensterfront auf der rechten Seite des Zimmers. Er ist mit einem dünnen, weissen Nachthemd bekleidet. Zwischen den Beinen und an den Armen sind Kissen. In einem Arm stecken Infusionsnadeln. Am Mitteltisch steht eine nette Schwester und ein Pfleger.

Sie stellen sich vor, versuchen uns zu beruhigen: «Ihr Sohn wird rund um die Uhr überwacht, sie müssen keine Angst um ihn haben. Sie dürfen jederzeit kommen und brauchen sich nicht an die Besuchszeiten zu halten.»

Das unheimliche Piepsen von Apparaten erfüllt den Raum. Es schafft eine bedrohliche Stimmung. Trotz dieses Lärms hat Daniel die Augen geschlossen.

Wir versuchen mit ihm zu sprechen: «Wie geht es Dir? – Hast Du Schmerzen?»

Er nimmt uns nicht wahr, beantwortet unsere Fragen nicht. Unruhig versucht er sich hierhin und dorthin zu drehen, dabei spricht er konfus und ungewöhnlich schnell. Hin und wieder erscheinen klare Gedanken, immer wieder will Dani Briefe diktieren, mit Absatz, Komma und Punkt.

Am Abend ist sein Zustand noch immer unverändert. Unsere Angst wächst, wir verstehen das beobachtende Abwarten der Ärzte nicht. «Wir haben die Sache im Griff», versichern sie uns, «es besteht kein Anlass zu übertriebener Sorge.»

Uns aber scheint, sein Zustand habe sich sichtlich verschlechtert – das ist eine Tatsache. Man vertröstet uns: «Geduld, nur Geduld!» Immer wieder wird Dani nach Tag, Monat und Jahr abgefragt. Er antwortet richtig, bis auf den Tag, der ist für ihn immer der sechsundzwanzigste.

Sonntag, 20.11.1988
Heute hat sich sein Zustand etwas gebessert. Er erkundigt sich nach seinem Auto, das in Reparatur ist. Er hat inzwischen jedoch gemerkt, dass er seine rechte Körperseite schlecht bewegen kann. Aufgebracht wendet er sich an uns: «Ich habe in der rechten Hand kein Gefühl mehr. Macht doch, dass die Ärzte endlich etwas unternehmen oder nehmt mich nach Hause!»

Mein Mann und ich sind sehr besorgt, denn wir haben schon seit einiger Zeit bemerkt, dass Danis rechte Hand gelähmt ist.

Montag, 21.11.1988
War das Abwarten wirklich richtig? Dani ist sehr müde, seine rechte Seite hat sich weiter verschlechtert, nur sein Gesicht hat

sich etwas erholt. Doch die Pupille des rechten Auges bleibt starr und gross. Daniel sieht uns doppelt und dreifach.

Der Professor kommt ans Bett und meint: «Sie müssen Geduld haben, es wird schon wieder besser.»

15 Uhr

Ich helfe beim Essen. Die Therapie hat Dani sehr ermüdet. Er will schlafen.

17 Uhr

Er hat wieder Hunger. Wieder helfe ich beim Essen. Er erkennt mich, spricht aber verwirrt.

Dienstag, 22.11.1988

Kein guter Tag. Dani ist unruhig und nicht ansprechbar. Die Brüder sind bestürzt. Wir sind alle verzweifelt.

Mittwoch, 23.11.1988

Nach Auskunft der Ärzte ist Danis Zustand stabil.

17 Uhr

Er ist ruhiger. Plötzlich fragt er: «Hast Du ein Zweifrankenstück für den Schrank?»

Wahrscheinlich glaubt er, in einer Sportanlage zu sein und keine Münze für den Garderobenschrank zu haben. Danach dreht er den Kopf zur Seite und spuckt an den Vorhang, als wäre er auf einem Sportplatz. Kurze Zeit später kommt mein Mann mit Professor Yasargil.

Der Professor ist zuversichtlich und fragt Dani: «Wie geht es Ihnen?» Er antwortet: «Ich habe einen wirren Kopf.»

Donnerstag, 24.11.1988

Um zehn Uhr morgens treffe ich den Assistenzarzt Dr. G. im Lift. Er berichtet, Daniel zeige an der rechten Hand Reaktionen, er bewege den Mittelfinger.

Diese Auskunft ist verwirrend und kaum tröstlich

Heben des Mittelfingers bedeutet bei uns: Ihr könnt mich alle mal.

11 Uhr

Oft ist Dani sehr müde, dann wieder diktiert er mir und dem Assistenzarzt Briefe. Nach dem Essen ist er erschöpft. Deshalb lasse ich ihn schlafen und verspreche, wieder zu kommen. Er nickt und ist beruhigt.

Ich erinnere mich, wie ich Gesprächen zuhörte und sehe die Verzweiflung in den Gesichtern meiner Angehörigen. Erst vor dem Zimmer gaben sie jeweils ihren Tränen freien Lauf. Nicht nur für mich war es unbegreiflich, dass ein starker junger Mann – ich – mit solchen versteckten Übeln rechnen muss.

16 Uhr
Um drei Uhr nachmittags kamen die Therapeutinnen, um mit Dani zu arbeiten. Das hat ihn sehr ermüdet. Ich bleibe ganz ruhig an seinem Bett sitzen.

17 Uhr
Ich gebe ihm das Nachtessen. Wieder ist er erschöpft und nicht mehr ansprechbar. Die Schwester hilft ihm beim Zähneputzen. Nach dem Spülen fragt sie ihn, ob er fertig sei. Er antwortet: «Ja, ich habe die Schuhe geputzt.»

Freitag, 25.11.1988
Daniel wurde geröntgt. Es geht ihm nicht gut. Die Ärzte haben sich entschlossen, am Samstag morgen zu operieren.

11 Uhr
Ich helfe beim Essen. Schlucken macht Dani erhebliche Mühe. Trinken geht auch nicht besser. Zähneputzen ist nicht mehr möglich.

15 Uhr
Daniel schläft. Dr. G. kommt ans Bett und fragt mich: «Können Sie länger bleiben; die Ärzte diskutieren mit Professor Yasargil das weitere Vorgehen.»
Wir bleiben und erfahren, die Situation sei ernst. Auf dem Röntgenbild sei eine zweite Blutung erschienen. Der Operationstermin sei nun endgültig.

Samstag, 26.11.1988
Dani wird am Morgen um halb acht Uhr notfallmässig operiert. Endlich!

12 Uhr
Dani ist wieder im Zimmer. Wir dürfen nicht hinein.

18

Professor Yasargil sagt: «Die Operation ist gut verlaufen. Es braucht jetzt Zeit und viel, viel Geduld.»
18 Uhr
Wir sind alle im Universitätsspital und warten darauf, Daniel sehen zu dürfen. Man lässt uns warten.
20 Uhr
Noch immer dürfen wir unseren Sohn nicht sehen. Die Brüder drängen, doch ein Pfleger teilt uns mit, wir sollten besser nach Hause gehen, sie müssten Dani jetzt einen neuen Verband anlegen und Schmerzmittel verabreichen. Wir könnten morgen Sonntag zwischen neun und elf Uhr kommen. Wir sind hilflos, voller Angst, fühlen uns alleingelassen und schrecklicher Ungewissheit ausgeliefert.

Hier hat die vielzitierte Hoffnung meine Mutter wohl verlassen – wer kann es ihr verdenken? Vom Samstag, 26.11.1988 bis Freitag, 16.12.1988 hat sie nur noch wenig in ihr Tagebuch eingetragen. Später ergänzte sie die kargen Notizen aus der Erinnerung.

Sonntag, 27.11.1988
Wir dürfen Dani sehen. Sein Kopf ist eingebunden, sein Gesicht schief. Er öffnet die Augen nicht. Wir glauben, er höre uns, obschon er nicht ansprechbar scheint. Wir bleiben nur kurze Zeit.

Montag, 28.11.1988
Dani ist noch immer nicht ansprechbar. Nur wenn die Schwester ihn beim Namen ruft, zeigt er kleine Reaktionen im Gesicht. Wir dürfen mehrmals am Tag für kurze Zeit zu ihm.

Dienstag, 29.11.1988
Dani ist etwas wacher. Die Physiotherapeuten machen mit ihm im Bett Bewegungstherapie. Ich sehe, dass seine rechte Seite gelähmt ist. Das rechte Auge sieht unnatürlich gross aus. Es bewegt sich willkürlich. Die rechte Wange und der Mundwinkel hängen schief nach unten. Er spricht nicht, sieht mich nur fra-

gend an. Ich versuche, ihm Mut zu machen, versichere ihm, die Operation sei gut verlaufen.

Mittwoch, 30.11.1988
Zustand unverändert. Noch immer spricht er nicht. Wieviel versteht er wohl? Ich rede ihm gut zu.
Der Professor kommt. Er fragt mich: «Was hat ihr Sohn gesagt?» Ich antworte: «Er spricht nicht.»
Der Professor schweigt, schüttelt den Kopf und geht stumm hinaus.

Donnerstag, 1.12.1988
Alles bleibt wie es war. Dani ist schwach. Er hängt an Infusionen. Die Schwester möchte ihm etwas zu trinken geben. Schlucken geht nicht. Die Flüssigkeit gelangt in die Luftröhre und er muss stark husten. Man erklärt uns, Mund und Rachen seien gelähmt. Später treffen wir den Professor bei der Visite. Wieder fragt er: «Hat Dani gesprochen?» «Dani spricht nicht.» Wieder heisst es, alles brauche seine Zeit.

Samstag, 3.12.1988
Danis Zustand hat sich verschlechtert. Er fiebert und wirkt teilnahmslos. Der Arzt meint: «Das ist eine Krise, hoffentlich bekommt er keine Lungenentzündung.»
Er verordnet Antibiotika und weitere Infusionen.

Montag, 5.12.1988
Unserem Sohn geht es immer schlechter. Professor Yasargil sagt: «Daniel will nicht mehr. Reden Sie ihm immer wieder zu. Selbst wenn Sie das Gefühl haben, er höre Sie nicht, gehen ihre Worte ins Unterbewusstsein ein. Das ist hilfreich.»
Bleibe den ganzen Tag da. Am Nachmittag kommt mein Mann. Auch Danis Brüder sind abwechselnd im Spital. Wir haben schreckliche Angst.

Dienstag, 6.12.1988
Daniels und Brunos fünfundzwanzigster Geburtstag. Die ganze Familie ist im Spital versammelt. Wir wollen Dani mit einer Tor-

te aus Styropor eine Freude machen. Sie ist so gross wie eine Hochzeitstorte, bunt eingefärbt und mit allerlei Kleinigkeiten verziert, oben drauf ist mit kleinen Glühbirnen die Zahl 25 geschrieben. Das Pflegepersonal erlaubt uns, die Torte in die Intensivstation mitzunehmen. Wir bringen sie ans Bett. Da lacht Dani zum ersten Mal wieder. Wir atmen auf. Er hat aber immer noch Fieber. Wir merken auch, dass er uns etwas mitteilen möchte, das aber nicht schafft.

Mittwoch, 7.12.1988
Dani ist unruhig. Er fängt an, sein Nachthemd auszuziehen, reisst das Leintuch, die Pampers weg, alles muss aus dem Bett. Auch die Infusionen reisst er weg. Pfleger und Pflegerinnen haben Schwierigkeiten mit seiner Pflege. Sie berieseln Dani über Kopfhörer mit beruhigender Musik.

Donnerstag, 8.12.1988
Dani ist sehr unruhig. Man gibt ihm Beruhigungsspritzen, danach schläft er ein. Wieder stellen wir fest: Er kann nicht sprechen. Das rechte Auge bewegt sich willkürlich. Man rät uns, nur engste Familienmitglieder als Besucher zuzulassen.

Samstag, 10.12.1988
Mit Zeichen gibt er uns zu verstehen, dass er uns nicht richtig sehen kann. Auch weiss er jetzt, dass er nicht sprechen kann. Er verzweifelt. Gegen das Pflegepersonal wird er sehr aggressiv.

Sonntag, 11.12. – Donnerstag, 15.12.1988
Immer deutlicher beginnt Dani seine Lage zu erkennen. Bald scheint er gleichgültig, bald ablehnend. Wenn ich ihn besuche, stellt er sich schlafend. Eine Schwester sagt: «Tun Sie doch nicht so! Soeben waren Sie noch wach!»
Ich kann das alles nicht verstehen. Wie soll ich damit fertig werden?

Freitag, 16.12.1988
Gleicher Zustand. Plötzlich zieht Dani die Pampers aus und wirft sie mit einem Fluch an unseren Köpfen vorbei ins Zimmer. Wir

sind verblüfft und bestürzt, gleichzeitig fühlen wir uns erleichtert. Endlich das erste Wort.

Samstag, 17.12.1988
Wieder zieht er die Infusionsnadeln heraus, worauf sie der Pfleger neu stecken muss. Dani nässt das Bett, obwohl er sich mit dem Pflegepersonal mit einer ABC-Tafel verständigen kann. Als am Abend sein Zwillingsbruder auf Besuch kommt, gibt er ihm zu verstehen, dass er vor dem Pfleger grosse Angst hat.

Sonntag, 18.12.1988
Wir sprechen mit der Physiotherapeutin über Danis Ängste. Der Pfleger erzählt uns, Daniel habe ihm einen Kinnhaken versetzt. Wir sind entsetzt, der Pfleger jedoch erklärt, er sei das gewohnt.

Montag, 19.12.1988
Ich bespreche mit einem Arzt Daniels aggressives Verhalten gegenüber andern und mir. Er erklärt mir, das sei eine Folge der Medikamente, sie verursachten chemische Reaktionen im Blut. Ich sollte das nicht persönlich nehmen.
Petra bringt Weihnachtskonfekt. Dani isst gierig gleich alles auf.

Dienstag, 20.12.1988
Dani wird für eine halbe Stunde in den Rollstuhl gesetzt. Das Trinken macht ihm immer noch viel Mühe. Wenn er zu sprechen versucht, kommen seltsame Laute aus seinem Mund. Als wir ins Zimmer treten, weint er sehr. Ich versuche zu trösten. Es ist auch für uns sehr schwer, unseren Sohn so hilflos zu sehen.

Freitag, 23.12.1988
Wir dürfen mit Daniel im Korridor umherfahren. Wir kommen zu einem Weihnachtsbaum, der ihn stark aufregt. Er wird böse. Wir können das nicht verstehen, doch weichen wir dem Baum aus, damit er ihn nicht mehr sehen kann. Dani beruhigt sich wieder. Nach kurzer Zeit ist er erschöpft. Er wird dann zu Bett gebracht, wo er sogleich einschläft.

Samstag, 24.12. und Sonntag, 25.12.1988
Dani kann nun eine Stunde im Rollstuhl sitzen. Eine Schwester bittet uns, ihm mit einer Spritze Flüssigkeit in den Mund zu geben. Er solle auf diese Weise immer eine bestimmte Menge im Tag trinken. Wir kommen mit dieser Methode nicht zurecht. Die Flüssigkeit läuft aus dem Mund oder Dani verschluckt sich, worauf er den nächsten Versuch verweigert.
Wir gehen mit ihm in den Aufenthaltsraum, wo ein Fernseher steht. Es gibt einen Eishockeymatch zu sehen. Dani kann dem Spiel nur schlecht folgen, er wird schnell müde.

Mittwoch, 28.12.1988
Der Pfleger, vor dem sich Dani fürchtete, ist nicht mehr auf der Station. Dani hat sich beruhigt. Mir gegenüber bleibt er sehr abweisend, anders als gegenüber seinen Brüdern oder seinem Vater.
Ich habe von meiner Mutter erwartet, dass sie mich nach Hause nimmt, aber immer hiess es: «Wir können das doch nicht», was ich überhaupt nicht verstand.

Freitag, 30.12.1988
Roger und Bruno fragen einen Arzt, ob ein Raum für eine kleine Sylvesterfeier verfügbar wäre. Sie dürfen ein kleines Zimmer benützen und dort Musik ab Band spielen. Als sie Daniel davon erzählen, freut er sich sehr.

Samstag, 31.12.1988
Nachmittag des Sylvesters. Wir sind auf Besuch bei Dani. Er ist bedrückt. Offenbar hat er Angst, seine Brüder könnten den Sylvesterabend vergessen. Dani möchte nicht mehr ins Bett. Nachts um elf Uhr holen die Brüder Dani aus der Intensivstation.
Es wird ein schöner Sylvester mit Lachsbrötchen und Traubensaft.

Sonntag, 1.1.1989, Neujahr
Gegenüber uns Eltern ist er noch immer sehr abweisend. Wir vermeiden, über den Sylvesterabend zu sprechen, damit er sich

nicht aufregt. Zum Essen fahren wir mit dem Rollstuhl in den Aufenthaltsraum. Daniel verweigert sein Essen.

Donnerstag, 5.1.1989
Der Professor ist der Meinung, Dani habe Heimweh. Er schlägt vor, ihn am Wochenende nach Hause zu lassen.
Er fragt Dani: «Möchten Sie das?»
Dani nickt und zeigt Freude. Wie sollen wir das nur schaffen? Wir machen uns trotzdem sogleich an die Arbeit, um seinen Wunsch zu erfüllen. Die Stiftung «Pro Infirmis» vermittelt uns ein Rollstuhltaxi. Da Dani noch nicht Treppensteigen kann, richten wir für ihn im Wohnzimmer ein Klappbett her.

Samstag, 7.1.1989
Am Morgen fahre ich mit dem Zug nach Zürich. Gemeinsam warten wir auf unseren Transport. Nach dem Mittagessen holt uns ein junger Mann in einem Bus im Spital ab. Als Dani über die Rampe in den Bus rollt, ist sein Gesicht wie versteinert. Ich versuche mit ihm zu sprechen, er aber gibt mir keine Antwort, sondern starrt weiter vor sich hin. Erst zu Hause entspannt er sich. Das Wochenende geht über Erwarten gut. Dani schläft meistens, ist aber zufrieden.

Damit begann für uns die Zukunft.

Es kommt der Tag,
da Gott jede Träne abwischen wird von meinen Augen,
und der Tod nicht mehr sein wird,
noch Trauer, noch Klage, noch Schmerz,
weil das Frühere vergangen ist.

Geheime Offenbarung 21.4

Bruchstücke der Erinnerung

In den Wochen vor meiner Erkrankung wollte ich vieles abschliessen, nichts offen lassen. So löste ich abrupt die Beziehung zu meiner Freundin. Waren das die ersten Schritte eines Rückzugs in die Isolation, aus der ich so rasch nicht wieder hinaustreten sollte? Drängte es mich, anderen Kummer zu ersparen? Wer kann es sagen? Rückblickend scheint mir, ich hätte auf unerklärliche Weise Zukunft vorausgeahnt.

Zwischen dem neunzehnten November und dem zehnten Januar lag ich auf der neurochirurgischen Intensivstation, mit mir und aller Welt zerfallen. Es war eine schreckliche Zeit.

Vorerst nahm ich meine Umgebung kaum wahr. Nach und nach erst drang der Lärm der Überwachungsgeräte in mein Bewusstsein; er schien stärker und stärker zu werden, bis ich ihn plötzlich als lästig empfand. Nun merkte ich auch, dass mein Bettnachbar im Koma lag und auf der anderen Zimmerseite ein Achtzigjähriger verarztet wurde. Ich dachte: «Sicher wäre der lieber nicht mehr unter uns.» Hin und wieder hörte ich den Gesprächen der Betreuer und Betreuerinnen zu. Sie sassen am Tisch in der Mitte des Raumes und erzählten von privaten Sorgen, von Wohnungs- und Partnerschaftsproblemen, von ihren Freizeitaktivitäten und anderen Ereignissen ihres Alltags. Ich dachte: «Die ahnen nicht, dass ich zuhöre. Etliche halten mich bestimmt für unzurechnungsfähig.» Immer wieder sah ich ein leeres Lächeln im Gesicht des Stationsleiters. Dem waren diese Geschichten gewiss gleichgültig. Ich empfand sein Lächeln als blödes Grinsen: «Wie viel besser würde ich mich verhalten, könnte ich hier wie einst als Vormundschaftssekretär Ratschläge erteilen.»

Ich erinnere mich auch an meine ersten Verständigungsversuche mit einer Alphabet-Tafel, bei denen ich mit der linken Hand auf einzelne Buchstaben zeigte, aus denen sich Wörter und aus den Wörtern Sätze ergaben. Sprechen konnte ich nicht.

Auf Drängen der Eltern wurde ich Mitte Januar aus der Intensivstation in ein Zimmer der allgemeinen Abteilung verlegt. Zwar hatte der Professor Bedenken angemeldet, er hielt eine ständige Überwachung für wichtig, und das nicht zu Unrecht. Einmal sass ich allein im Aufenthaltsraum und verfolgte am Fernseher einen Match des Spengler-Cups. Der Pfleger hatte den Ablagetisch nicht richtig am Rollstuhl befestigt. Wie leicht hätte ich kippen können. Zufällig kam der Professor dazu. Er war entsetzt.

Die Eltern hatten geglaubt, ich käme allein oder zu zweit in ein Zimmer. Nun standen acht Betten im Zimmer, in das ich verlegt wurde. Mit Widerwillen nahm ich fünf Mitpatienten wahr. Meinen Eltern wurde gesagt, die Unterbringung sei durch Personalmangel bedingt. Selbst im Rückblick scheint mir diese Begründung ungenügend. Ich fühlte mich mit schwerem Schaden in eine beliebige Ecke abgeschoben. Lange Zeit brachte ich überhaupt kein Verständnis für diese Unterbringung auf.

Nach und nach begann ich meine Umgebung genauer wahrzunehmen. Mein Bettnachbar verschlang unentwegt Pralinen. Selbst in der Nacht hörte ich Papier rascheln.

Im übernächsten Bett lag ein krebskranker Mann von etwa vierzig Jahren. Er hatte seine Residenz ins Spital verlegen müssen, rauchte unentwegt weiter, gönnte sich stets ein «Schöpplein» und hatte im übrigen alle Hoffnung aufgegeben. Dem medizinischen Personal befahl er, mit Schmerzmitteln nicht zu sparen und ihn ansonsten in Ruhe zu lassen.

Im weiteren bemerkte ich noch einen Italiener und den Personalchef eines Heims. Diesen zwei Herren ging es, wie mir schien, gut. Wer konnte jedoch wissen, was die beiden in sich trugen. Ausser diesen Patienten fiel mir in meinem Zimmer ein hochbetagter Ländlerfreund auf. Er meckerte und nörgelte Tag und

Nacht. Offenbar litt er an Altersschwäche. Nicht einmal an seiner geliebten Ländlermusik fand er mehr Gefallen. Ich war froh, als ich am Wochenende nach Hause fahren durfte.

Ich erinnere mich, dass ich immer Hunger verspürte. Früher war mir das bei Sportunfällen auch so ergangen. Unfähig, meinen Appetit zu bremsen, verschlang ich damals gleich schachtelweise süssen und gewürzten Konfekt.

Eines Morgens stellte man mich im Rollstuhl in den Gang, weil ich zu Terminen in der Augenklinik und der Röntgenstation aufgeboten war. Allein kam ich noch nicht zurecht. Sich mit einer Hand und einem Bein im Rollstuhl fortzubewegen, ist schwierig. Man lernt nur schwer, einen geraden Kurs zu steuern und fährt vorerst ständig in die Wand oder rollt im Kreis herum. Da sass ich also und wartete darauf, dass mich jemand zu meinen Terminen schob. Eine unzufriedene, etwa vierzigjährige dicke Schwester kam auf mich zu und bemerkte in üblem Tonfall: «Sie könnten doch selber in die anderen Trakte fahren!» Ich fühlte mich wie Dreck behandelt. Die Schwester kam mir vor wie ein rauher und verwaschener Pullover. Er mochte einst hübsch, bunt und weich gewesen sein, dann war er so oft mit scharfen Waschmitteln durch die Maschine gegangen, bis er unansehnlich geworden war.

Erst als ich nach geraumer Weile noch immer im Gang stand, fand die Schwester jemanden, der mich zu meinen Terminen schob. Noch immer denke ich mit tieferer Abneigung an jene Schwester und ihre verächtlich scheinende Art. Da ich nicht sprechen konnte, musste ich Demütigungen auf andere Weise heimzahlen. Sollte sie mir eben den Allerwertesten putzen. Darauf reagierte sie erbost: «Ich mache das jetzt nur noch zweimal: dieses und das letzte Mal, dann müssen Sie es selber machen.» Endlich sollte ich etwas selbständig tun, nur konnte ich das ja gar nicht. Die Schwester belferte und putzte und putzte und belferte…

In meinem Zorn und meiner Aufregung versuchte ich aufzustehen und wäre dabei beinahe aus dem Stuhl gefallen.

Zu dieser Zeit konnte ich mich nur mit Ablehnung und Feindseligkeit ausdrücken. Meine Hilflosigkeit empfand ich als demütigend. Mir schien, die Schwester mache mir aus meinen Höllenqualen einen persönlichen Vorwurf: Ich war nicht gelähmt, sondern ein fauler Hund, dem man mit Forderungen Beine machen musste. Noch heute kommt mir bei solchen Erinnerungen ein Gefühl des Hasses hoch.

Einmal sass ich im Korridor und versuchte, mit dem Rollstuhl umherzufahren. Da ging plötzlich die Lifttüre auf: «Möchten Sie in die Cafeteria?» fragte eine Stimme.

Ich gab keine Antwort und rührte mich nicht, worauf ich in den Lift geschoben wurde. Unten stellte man mich ab. Ich versuchte nicht, etwas für mich zu bestellen, doch fühlte ich mich zufriedener. Innerlich genoss ich die Vorstellungen sehr, dass Pfleger und Pflegerinnen mich plötzlich vermissen, suchen, nicht mehr finden und in Aufregung geraten würden.

Als sie mich endlich entdeckten, lachten sie nur und bemerkten: «Sie sind ein Geselle! Einfach abhauen, wie? Besuch ist da für Sie.»

Erst freute ich mich über meinen gelungenen Streich, verfiel jedoch gleich wieder meiner Missstimmung: «Besuch», dachte ich, «Schaufenster – gaffen – Munterkeit spielen.»

Vor allem quälte mich ein Gedanke: Der Besuch würde weggehen, ich würde zurückbleiben, eingereiht in den gleichförmig öden Trott des Spitalbetriebes. Neid erfüllte mich.

«Zum Glück kann ich die Gedanken der Besucher nicht lesen und weiss nicht, was sie nach dem Spitalbesuch einander erzählen. Viel Gutes kann es nicht sein! Da bin ich mir sicher.»

Mit solchen Gedanken erwachten gleich Gefühle bitterer Enttäuschung und mit ihnen Hass gegen alle und alles.

Schlimm sind die Erinnerungen an Doppelbilder. Der Name beschreibt schon das Wesen der Störung: Weil die Augenbewegungen und die Verarbeitung der Eindrücke beim Auge der gelähmten Seite nicht mehr normal verliefen, konnten die Augen nicht mehr zusammenarbeiten. Schaute ich mit beiden Augen, sah ich viele Dinge doppelt. Die Doppelbilder traten meist unvermittelt auf und veränderten meine Umgebung in unfassbarer Weise. Lange Zeit haben mich solche Abstürze erschreckt und verunsichert. Daran konnten auch nüchterne medizinische Erklärungen nichts ändern.

Ob ich die Dinge richtig sah, hing offenbar von ihrer Entfernung ab. Aus der Nähe erkannte ich Gesichter mit beiden Augen recht gut, entfernte sich jemand, bot er sich plötzlich auf monströse Art dar, indem er mir mit zwei Köpfen erschien. So blieb die Welt des Sichtbaren meinem sicheren Zugriff entzogen. Es gab für mich kein verlässliches Bild der Dinge mehr.

Eines Tages sass ich mit dem Rollstuhl am Korridorfenster und beobachtete ein Flugzeug, das einen Kondensstreifen über den Himmel zog. Als ich das Flugzeug fixierte, erschienen plötzlich zwei Kondensstreifen. Wie konnte das sein?

Wenige Tage danach bemerkte ich im Korridor einen Weihnachtsbaum. Ich konnte ihn gut erkennen. Hatte er nicht zwei gläserne Spitzen? Was für ein seltsamer Baum! Mühsam fuhr ich mit meinem Rollstuhl näher heran. Da kippte das Bild, der Weihnachtsbaum erschien wieder mit einer Spitze. Ich war fassungslos: «Hatte ich den Verstand verloren?» Die Erklärung, meine Beobachtung beruhe auf einem Doppelbild, blieb für mich eine Überlegung im Kopf, sie konnte mir die verlorene Welt nicht wieder geben. Solche Erscheinungen blieben unfassbar. Sie liessen mir alles irgendwie falsch erscheinen. Unsicherheit zerfrass mein Lebensgefühl. Durch diese Zustände getäuscht und betrogen, litt ich in unaussprechlichem Masse.

Manchmal verdeckte ich das gesunde Auge, weil ich wissen wollte, was das gelähmte Auge eigentlich sah. Dabei bemerkte ich, dass dieses Auge die Dinge nur schwach, wie durch dichten Nebel wahrnahm. Es war fast blind.

Als beschwerlich erwiesen sich Doppelbilder zudem beim Lesen, indem der Text etwa fünf Zentimeter über dem normalen Text ein zweites Mal erschien. Nur das Verdecken des kranken Auges konnte Abhilfe schaffen. Dadurch wurde aber das Lesen erschwert und sehr ermüdend.

In der Augenklinik wurde der Zustand meiner Augen wiederholt kontrolliert. Einmal untersuchte mich ein Arzt aus Senegal. Sein deutscher Wortschatz war offenbar etwas eingeschränkt. Er bemerkte: «Die Augen sind kaputt.»

Danach musste ich einige Zeit im Korridor warten. Das gab mir Gelegenheit, gründlich über meine kaputten Augen nachzudenken. Nach einer Stunde wurde meinem Brüten ein Ende gesetzt. Jetzt schob man mich durch die Katakomben des Unispitals in die Röntgenstation weiter. Das Röntgen ging schnell, schon war ich wieder draussen. Wo aber war der Stuhlschieber geblieben?

Diesmal hatte man mich wirklich vergessen. Weil ich nicht sprach, wurde ich nicht wahrgenommen. Es dauerte über zwei Stunden, bis ich vermisst und auf die Abteilung zurückgeholt wurde. Solche Pannen nahm ich sehr persönlich. Sie prägten mein Bild des Spitals. Ich nahm sie zum Anlass, sehr viel und mit Widerwillen über meinen Aufenthaltsort und die Menschen dort nachzudenken. Heute kann ich nicht mehr verstehen, wie ich so ausfallend sein konnte. Selbst meine Mutter habe ich mehr als einmal grässlich beschimpft, weil ich nicht verstand, wie sie mich an diesem elenden Ort lassen konnte.

Trinken machte mir grosse Mühe. Ein Pfleger versuchte immer wieder, mir Orangensaft einzuflössen. Damit löste er einen Hustenreiz aus, der das Verschlucken förderte. Ich schaffte es nicht mitzuteilen, dass ich Orangensaft nicht vertrug.

Der Pfleger drohte: «Wenn Du nicht trinkst, werden wir Dich intubieren müssen. Dann hast Du ein Loch im Hals.»

Diese Aussicht weckte in mir schreckliche Ängste und ich konnte nicht mehr schlafen. Von Hass getrieben, versetzte ich eines Tages dem Pfleger einen Kinnhaken.

Als Professor Yasargil das Problem mit dem Orangensaft bemerkte, las er dem Pflegepersonal die Leviten. War das eine Wohltat für mich! Zufrieden stellte ich fest, dass in Anwesenheit des Professors das Wort «nein» nicht mehr existierte. Wie höflich sie alle plötzlich waren!

Meine Mutter fand schliesslich heraus, was ich trinken konnte. Die Zauberformel hiess: Joghurtdrink.

Auch Essen machte mir Mühe. Die Zunge bewegte sich nur sehr langsam im Mund, wie eine Schnecke, die eine regennasse Stelle sucht. Es gelang ihr nicht, die Speisen in ihren natürlichen Weg zu lenken. Ständig verschluckte ich mich. Dem Verschlucken folgte heftiger Hustenreiz. Diesen Husten empfand ich als peinlich. Deshalb verweigerte ich Essen und Trinken. Jetzt wollte man mich durch eine Magensonde ernähren. Dagegen wehrte ich mich aber mit Händen und Füssen.

Um Verschlucken zu vermeiden, war mein Essen klein zerschnitten, gehackt oder püriert, nur so konnte eine künstliche Ernährung vermieden werden. Dieses Essen betrachtete ich mit Ekel, denn früher hatte ich gerne in charmanter Begleitung in fröhlicher Runde in guten Restaurants getafelt. Was wurde mir jetzt geboten? Wieder übertrug ich die Abneigung gegen meine Kost ungehemmt auf meine gesamte Umgebung.

Ich erinnere mich an den ersten Traum nach der Operation: Mit zwei netten Pflegerinnen sitze ich im Gasthof Seerose in P. Bei Kerzenlicht essen wir Fisch und trinken Weisswein. Die lustige Runde endet, nachdem alle Gäste das Lokal verlassen haben. Als ich zahlen will, kann ich meine Geldbörse nicht finden. Die Pflegerinnen laden mich deshalb ein und bemerken fröhlich, ein anderer geselliger Abend sei nur aufgeschoben, jetzt müssten wir ins Universitätsspital zurück, es stünde noch Therapie auf dem Programm.

Da wurde ich geschüttelt und aus weiter Ferne drang eine sympathische Stimme zu mir: «Herr Bucher, wir machen Therapie.»

Seltsam, Petras Weihnachtsgebäck ass ich, ohne mich zu verschlucken. In einer Stunde konnte ich davon eine ganze Schachtel mit drei Lagen verzehren. Mit ungehemmter Gier fiel ich über die Süssigkeiten her und schlang ein Plätzchen nach dem anderen hinunter.

Vater, Mutter, Schwägerin und Zwillingsbruder beobachteten mich entsetzt, und die Schwägerin rief aus: «Mach doch langsam, wir nehmen sie Dir nicht weg. Du darfst sie alle haben!»

Plötzlich konnte ich ohne Probleme schlucken und ass ungebremst.

Sylvester 1988

Ich bin aus dem dicken Nebel der Erinnerungslosigkeit aufgetaucht. Meine Brüder besuchen mich mit ihren Freundinnen, Roger mit Susanne, Bruno mit Petra. Ich bin – wie immer – müde, und habe zum Feiern gar keine Lust. In meinem froschgrünen

Morgenmantel sitze ich mit einer Augenklappe im Rollstuhl. Gebäck mit Meerrettichschaum und Champagner stehen bereit. Alle versuchen, mich aufzumuntern. Die Leckereien sind köstlich, doch habe ich einen schalen Geschmack im Mund. Nach einer halben Stunde bin ich erschöpft und muss zu Bett gebracht werden. Ich nehme meine Träume für das Jahr 1988 mit all ihren hohen Erwartungen mit mir ins neue Jahr. Ich weiss nicht, dass sie verfallen sind. Meine Zukunft steht im Leeren.

Eines Tages sitze ich im Rollstuhl im Aufenthaltsraum des Unispitals. Ich sehe der lächelnden Ansagerin im Fernseher ins Gesicht. Ich erkenne mit Schrecken, was für ein Häufchen Elend ich geworden bin. Ich habe weder den Mut noch die Kraft, einmal herzhaft zu lachen. In dieser Zeit erlebe ich, was es heisst, alles zu verlieren: die Gesundheit, den Beruf und die Persönlichkeit. Ich bin ohne Antrieb, ohne Richtung oder Ziel, ohne Hoffnung, erfüllt von Hass und Ekel. Ich bin nichts mehr, habe nichts mehr, und traue mir nichts mehr zu.

Was ich danach an den Wochenenden zu Hause mache, ist: nichts – ausser schlafen, fernsehen, Musik hören und essen. Hin und wieder versuche ich trotz Doppelbildern Zeitung zu lesen, was so mühsam ist, dass vom Inhalt wenig bleibt. Alles ist sehr ermüdend. Die vielen Besuche überfordern mich. Ich kann Begegnungen mit anderen Menschen schwer verkraften. Ich habe nichts zu geben. Die Besucher müssen weggeschickt werden, was sie nicht verstehen. Manchmal habe ich nicht einmal mehr die Kraft, mich zu waschen. Ich möchte immerfort schlafen. Doch die Kälte im rechten Bein lässt mich nicht einschlafen. Eine Bettflasche bringt Hilfe. Wenigstens sind Blase und Darm wieder unter meiner Kontrolle.

An einem regnerischen Sonntagabend nach dem ersten Wochenende zu Hause fährt mich ein netter junger Mann mit einem drolligen, zottigen Hund via Autobahn nach Zürich zurück. Auf der Fahrt denke ich über meine Lebensumstände nach. Ich suche nach einem tieferen Sinn. Mich schaudert.

Am einundzwanzigsten Januar darf ich endlich nach Hause. Meine Mutter ist bereit, mir die notwendige Hilfe zu leisten und mich liebevoll und aufopfernd zu pflegen.

Es war für uns alle eine schreckliche Zeit, auch wenn wir sie mit ganz verschiedenen Augen gesehen haben. Für mich ging sie in stummer Verzweiflung und Auflehnung vorbei.

Nicht treffender könnte man die Gefühle des Erlebens der Leere und Stille umschreiben als mit dem Gedicht «1979» aus dem Buch «Memo Aren» von Willy Peter.

Ein Jahr der Finsternis und Trauer,
ein Jahr am Fusse einer Mauer,
ein Jahr der Tiefe und des Raunens,
ein Jahr des Weinens und des Staunens,
ein Jahr des Zweifelns und des Wankens,
ein Jahr des Flehens und des Dankens,
abseits des Lichtes und der Treue,
im Bann von Dunkelheit und Reue,
ein Jahr des Suchens und Nichtfindens,
des Uferlosigkeit Ergründens,
kein Jahr der Ruhe und der Stille,
kein Jahr der Ernte und der Fülle,
doch der Besinnung und der Schwere,
des Überfülltseins und der Leere,
des Ganzalleinseins, des Getragenwerdens,
am Rand der Hoffnung und am Rand des Sterbens,
ein Jahr des Nehmens und des Gebens,
des tief Empfindens und bewusst Erlebens:
Das Jahr der Jahre. Eine Art Bilanz.
Kein leichter Durchschnitt. Nein, brutal und ganz.
Und stets am Horizont ein flackernd Licht
und auf dem Kern des Lebens ein Gewicht.
Ein Einzeljahr. Doch viele Jahre alt.
Voll Tränen, Hoffnung, Tiefe und Gehalt.
So voll Verlust und doch so voll Gewinn.
Ein Jahr des Fragens nach dem tiefern Sinn.
Die Frage bleibt wohl ohne Antwort stehen.
Das Jahr war da. *Wir* wollen weiter gehen.
Auf neuem Weg. Bewusst. Und vorbereitet.
Von Zuversicht und neuer Kraft begleitet.

Der Himmel hilft niemals denen,
die nicht handeln wollen.

Sophokles

Fortsetzung von Mutters Tagebuch

Donnerstag, 19.1.1989
Ich besuche Dani im Spital. Vom Korridor aus sehe ich ihn durch die Glasscheibe allein in seinem Rollstuhl im Aufenthaltsraum sitzen. Er hat eine Therapiepause, starrt vor sich hin und raucht eine Zigarette nach der anderen. Er sieht mich nicht. Ich weiss, dass es nicht hilft, wenn ich jetzt zu ihm gehe. So bleibe ich stehen. Dabei beobachte ich ihn eine ganze Weile durch die Scheibe. Etwas in mir bricht auf. Plötzlich weiss ich: «So trostlos darf Dani nicht weiter dahinleben!» Ich beginne zu überlegen, wie ich Dani nach Hause nehmen könnte. Wäre zu Hause eine gute Pflege möglich? Könnte ich diese Aufgabe bewältigen? Wäre dies medizinisch vertretbar? Solche und viele andere Fragen gehen mir durch den Kopf.
Dann fasse ich meinen Entschluss. «Es muss einfach möglich werden!»
Auf der Fahrt nach Hause lassen mich diese Gedanken nicht mehr los. Zu Hause rufe ich sogleich Herrn Professor Yasargil an.
Er meint: «Sie können Ihren Sohn sehr wohl nach Hause nehmen, Sie müssen mir aber versprechen, regelmässig mit ihm zur Therapie nach Zürich zu kommen.»
Ich verspreche das, obschon ich gar nicht weiss, wie ich ein solches Versprechen halten kann. Es muss einfach klappen. Dann fahre ich ins Dorf, um für mehrere Tage einzukaufen, damit ich den ganzen Tag für Danis Pflege verfügbar bleibe.

Freitag, 20.1.1989
Gegen Mittag fahre ich nach Zürich. Ich schiebe Dani für das Mittagessen in eine ruhige Nische des Korridors. Dann sage ich zu ihm: «Morgen nehme ich dich nach Hause, du brauchst dann nur noch für die Therapie ins Spital zurückzukehren. Ich werde dich jeweils hinfahren.»
Dani schaut mich nur mit grossen Augen an, als wollte er sagen: «Warum erzählst Du mir dieses Märchen?»
Da kommt ein Assistenzarzt den Gang entlang. Er bleibt bei uns stehen: «Die Termine für die Therapien sind organisiert, Sie können Herrn Bucher morgen nach Hause nehmen.»
15 Uhr
Später begleite ich Dani in die Physiotherapie. Die Therapeutin zeigt mir, worauf ich beim Lagern und Bewegen achten muss. Sie übt dann mit Dani und mir den Wechsel vom Bett in den Rollstuhl und vom Rollstuhl ins Auto.

Samstag, 21.1.1989
Am Morgen fahre ich ins Unispital. Im Korridor wartet Dani schon ungeduldig im Rollstuhl. Von der Schwester erhalte ich einen ausgedruckten Therapieplan und eine Plastiktüte mit Pflegematerial.
Wir verabschieden uns und ich rolle Dani zum Notfallausgang: «Jetzt musst du allein zurechtkommen!» sagt eine Stimme in mir. Ich schiebe meinen Sohn durch die automatische Türe hinaus, fahre ihn neben unser Auto, ziehe die Bremsen des Rollstuhls an und helfe ihm dann auf die Beine. Hilflos steht er neben der offenen Autotüre, die genau in diesem Augenblick zuklappt. Dani lehnt sich an mich. Er will nicht auf das gelähmte Bein stehen und klammert sich mit aller Kraft an die Regenrinne. Er ist für mich zu gross und zu schwer. Ich weiss nicht, wie ich ihn allein halten soll. Solche Situationen hatten die Instruktionen der Physiotherapeutin nicht vorgesehen. Dort lief alles wie am Schnürchen und schien ganz leicht. Jetzt ist alles überaus mühsam. Wir geraten in Schwierigkeiten, doch niemand ist da, der uns helfen würde. Irgendwie schaffen wir zuletzt das Umsteigen. Nach all den Strapazen sitzt Dani erschöpft und glückselig im Auto.

Sogleich schaltet er das Autoradio ein. So fahren wir nach Hause, wo mir Oski mit dem Umsteigen hilft. Die eine Stufe zur Haustüre überwinden wir ohne Probleme.

Dani geniesst es, zu Hause zu sein. Er schläft lange und ist während des Tages zufrieden. Er möchte immer im Rollstuhl sitzen, ist dadurch überfordert und hängt schräg im Stuhl. Er spricht nur einzelne Wörter in unbeschreiblichen Lauten, als wäre er ein Kind, das zu sprechen beginnt. Sein Mitteilungsbedürfnis ist ausgeprägt. Er merkt nicht, wie entstellt seine Rede ist. Wir möchten gerne mit ihm sprechen, doch wir verstehen ihn oft nicht und müssen uns den Sinn seiner Worte über Rückfragen zusammenreimen. Ein richtiges Gespräch kann so nicht zustandekommen. Missverständnisse sind unvermeidlich. Wenn er merkt, dass wir ihn nicht verstanden haben, greift er zu Füller und Papier und versucht, mit der linken Hand Stichworte aufzuschreiben. Dabei verunmöglichen ihm oft ruckartige Zitterstösse der rechten Hand, das Papier festzuhalten. Oft greift dieses Zittern auf den Arm und danach auf die ganze rechte Körperseite über. Wenn das geschieht, wird Dani aggressiv, schmeisst das Papier auf den Boden und gibt verbittert auf!

Irgendwie kommen wir mit all diesen Problemen zurecht.

Montag, 23.1.1989

Wie verabredet fahren wir nach Zürich in die Therapie. Daniel will mich nicht weggehen lassen. Er hat Angst, er müsse wieder im Spital bleiben. Erst nachdem ich mehrmals versprochen habe, ganz pünktlich zurückzukommen, beruhigt er sich.

Donnerstag, 26.1.1989

Heute muss Daniel wieder zur Physiotherapie nach Zürich. Er besucht dort auch die Sprachschule. Einmal pro Woche fahren wir für Ergotherapie nach U.

In Zürich habe ich Mühe, einen Parkplatz zu finden, da die Behindertenparkplätze stets belegt sind. Ich wende mich an den Portier, der mir rät, bei Daniels früherem Wohnort einen Ausweis für Rollstuhlbenützer anzufordern. Das berechtige uns, beim Notfalleingang zu parkieren, wo für das Umsteigen genügend Platz vorhanden ist. Dieser Rat verschafft mir Erleichterung bei der Anfahrt und beim Umsteigen.

Freitag, 27.1.1989
Dani geniesst jeweils die Fahrt zur Therapie nach Zürich. Er macht deutliche Fortschritte. Heute hob er zum ersten Mal die rechte Hand aus dem Gelenk.

Montag, 30.1.1989
Zwei Oberärzte sehen Dani bei seinen Gehversuchen zu. Heute konnte er mit Hilfe der Physiotherapeutin einige Meter gehen. Wir freuen uns alle sehr. Nur Dani kann sich nicht mit uns freuen. Ihm bedeuten diese Schritte wenig. Was sind ein paar Schritte für jemanden, der über Fussballfelder rannte und über Skipisten sauste?
In Zürich besucht er auch die Sprachschule. Er gibt mir zu verstehen, dass es ihn nicht störe, wenn ich dabei bin. Es wird mir gezeigt, was ich zu Hause mit ihm üben kann.

Dienstag, 31.1.1989
Unsere Tage sind mit Pflege und Therapien ausgefüllt. Dani muss die Toilette selber machen.

Donnerstag, 2.2.1989
Wenn es nur mit dem Sprechen besser ginge. Die Sprachübungen sind sehr anstrengend. Sie bestehen aus langen Silbenreihen mit Vokalen. Daniel soll versuchen zu singen. Er fühlt sich überfordert und will nicht mehr nach Zürich in die Sprachschule. Noch immer kann er sich kaum mitteilen. Wir leiden sehr unter den Spannungen, die durch unsere Verständigungsprobleme entstehen. Ich versuche deshalb, jemanden zu finden, der bereit ist, die Sprachtherapie bei uns zu Hause durchzuführen. Wir finden einen Heilpädagogen, der sich für Dani Zeit nimmt. Er übt zuerst mimische Ausdrucksformen. Dani kann wieder lächeln, den Kopf schütteln und den Mund verziehen. Das Üben der Vokale wird von Handbewegungen begleitet. Langsam lernt er einzelne Worte verständlich sprechen. Trotzdem scheinen ihn

die Sprachübungen zu entmutigen, denn er wird häufig ausfallend dabei.

Samstag, 4.2.1989
Wir haben ein gemeinsames Frühstück mit allen Familienmitgliedern und Freunden von Daniel veranstaltet. Zwar war das von uns gut gemeint, für Dani erweist sich der Anlass als Strapaze, denn er gibt uns zu verstehen, dass er Gesprächen nicht folgen kann, wenn mehrere Personen miteinander reden.

Sonntag, 5.2.1989
Ein richtiges Bad wäre gut, aber wie? Das Bad liegt im ersten Stock. Wir wagen es, die Treppe in Angriff zu nehmen. Oski stützt Daniel unter den Armen, und ich helfe dem rechten Bein Stufe um Stufe hinauf. Jetzt noch in die Badewanne mit unserem Patienten. Nach Danis Bad sind alle erschöpft.

Dienstag, 7.2.1989
Physiotherapie im Kellergeschoss des Unispitals. Ich begleite Dani dorthin, muss ihm aber versprechen, ganz bestimmt wieder rechtzeitig zurückzukommen. Immer noch diese Angstzustände! Nach der Therapie gehen wir in die Cafeteria. Wir können uns schon etwas besser verständigen, nur kann Dani beim Sprechen die Lautstärke seiner Stimme schlecht kontrollieren. Wenn er mir etwas erklären will, wird seine Stimme unvermittelt sehr laut. Dann wenden sich manche Leute um und starren uns an. Wenn Dani das merkt, tippt er mit dem Zeigefinger an die Stirne.

Mittwoch, 8.2.1989
Heute haben wir die Zusage der Rehabilitationsklinik Valens erhalten. Ende Februar hat Dani einen Termin beim leitenden Neurologen Dr. Kesselring für die Eintrittsuntersuchung. Wir werden in Valens eine Wohnung mieten. Ich werde Dani begleiten und für ihn haushalten, mein Mann wird für einige Zeit allein zurechtkommen müssen.

Sonntag, 12.2.1989
Für den heutigen Abend haben wir unsere Grossmutter zum Nachtessen eingeladen. Dani liegt auf dem Sofa und sieht fern. Auf Rat der Augenklinik deckt er einmal das rechte, dann das linke Auge ab. Als nun die Grossmutter das Wohnzimmer betritt, kehrt Dani ihr den Rücken zu und stellt sich schlafend. Es dauert lange, bis er sich uns zuwendet. Wir lassen ihm Zeit, denn wir spüren, dass es ihm immer wieder schwer fällt, sich in seinem Zustand zu zeigen. Wir können das gut verstehen. Besuchern ist der Schreck oft anzumerken, wenn sie Dani zum ersten Mal wieder sehen. Wir denken, dass wir ihn vor solchen Situationen schützen müssen. Ob das richtig ist? Wir wissen es nicht. Vor seiner Krankheit war er ein sehr kontaktfreudiger Mensch.

Hier endet Mutters Erinnerungsbericht.

Wie wenig
ist am Ende der Lebensbahn daran gelegen,
was wir erlebten,
und wie unendlich viel,
was wir daraus machten.

Wilhelm von Humboldt

Rehabilitation

Seit anfangs Februar habe ich auf meinen Eintritt in die Rehabilitationsklinik Valens gewartet. Am zwanzigsten Februar, einem Montag, ist es soweit. Die neunzig Minuten Autofahrt von P. nach Valens strengen mich übermässig an, deshalb spreche ich während der Reise kein Wort, zu sehr bin ich mit mir selber beschäftigt. Gegen Mittag fahren wir in die Tiefgarage eines Hauses in Valens. Mit Rollstuhl und Lift geht es in den dritten Stock. Wir schliessen die Türe auf, finden eine eher kleine Wohnung mit zwei Zimmern, die in rustikalem Stil mit viel Arvenholz eingerichtet ist. Die runden Rückenlehnen der Stühle zieren typische Bündner Schnitzereien: Herzchen, Kühe, Bauern und Berge. Mit Widerwillen schaue ich mir diese Idylle an.
Am Nachmittag schiebt meine Mutter mich in die Klinik, wo ich im Korridor neugierig und zugleich mit Angst auf die Eintrittsuntersuchung bei Herrn Dr. Kesselring warte. «Wieder ein Untersuch, schon wieder die immer gleiche Geschichte erzählen», denke ich. Die Türe zum Büro des Chefarztes geht auf. Ein grosser, schlanker, grauhaariger Mann begrüsst uns. Er bittet uns herein. Ich begegne in ihm einem Mann, der Sicherheit, Ruhe und Geborgenheit ausstrahlt. Dass er seine Worte an mich und nicht –wie andere Neurologen meiner Erfahrung – an die Begleitperson richtet, erlebe ich als besondere Freude. Er untersucht mich gründlich, freundlich, menschlich einfühlsam. Er ist offensichtlich bestrebt, mich echt kennenzu-

lernen. Er erklärt mir mein Therapieprogramm: Physio-, Sprach-
und Ergotherapie, Mundbehandlung und Baden sollen ab sofort meinen Tag bestimmen: «Es sind gute Ansätze vorhanden,
ein Glück, dass Sie gleich gekommen sind. Bei Schwierigkeiten können Sie sich jederzeit an mich wenden.» Nach vierzig
Minuten verlassen meine Mutter und ich das Sprechzimmer.
«Hast Du gesehen, er hat mit mir gesprochen. Er kann sich in
mich hineindenken.» Das ist ein Hoffnungsschimmer für die
Zukunft.

Mittwoch, 22.2.1989
Heute kann ich meinen Therapieplan in der Klinik abholen. Ich
bin enttäuscht. Da ist fünfmal Therapie in Dosen von einer hal-
ben Stunde angeordnet. Ich rechne mir aus: fünfmal eine halbe
Stunde pro Tag ergeben zweieinhalb ausgefüllte Stunden. Was
soll ich bloss mit der restlichen Zeit in diesem pittoresken
Bergdörfchen über der Taminaschlucht, von steilen Felswänden
umschlossen, abgehoben auf einer Terrasse hoch über dem pul-
sierenden Leben des Rheintales? Nachdenken?
Meinem Aufbegehren wird vom Sekretariat mit der Begründung
Personalnotstand begegnet. Dieses Argument hat man mir im
Spital auch entgegengehalten. Das macht mich nicht zufriede-
ner.

Freitag, 24.2.1989
Erster Therapietag. Die Physiotherapeutin lässt mich allein gehen. Ich bin verunsichert, verkrampft, von einem einzigen Gedanken beherrscht: «Jetzt wirst du gleich fallen!» Ich falle nicht,
denke plötzlich mit einer Mischung von Wehmut und Abneigung
an die Bequemlichkeiten des Rollstuhls. Jetzt bewege ich mich
zwar selbständig, aber äusserst unsicher auf meinen Beinen. Im
Rollstuhl war ich Zuschauer, brauchte nicht dauernd an meine
Behinderung zu denken und mich mit ihrer Schwere abzuquälen.
Früher habe ich als Ausgleich zur Arbeit dreimal in der Woche
Leistungssport betrieben. Was soll ich jetzt zum Ausgleich tun?
Nicht einmal Lesen bleibt mir als Beschäftigung, denn noch im-
mer quälen mich Doppelbilder.

Montag, 27.2.1989

Durch regelmässiges Auflegen von Eis und durch Massieren beginnt sich die Muskulatur der rechten Gesichtshälfte zu erholen. Drei Monate lang hat meine Mutter täglich zu Hause diese Therapie zusätzlich zur Behandlung in der Klinik durchgeführt, bis mein Gesicht wieder weitgehend unauffällig wurde.

Heute kann ich in der Ergotherapie ohne Anstrengung die rechte Hand drehen und heben, die Finger öffnen und die Hand strecken. Sogleich ziehe ich Vergleiche. Meine Gedanken kreisen um Squashspielen. Squash ist ein fantastisches Spiel, voller Bewegung. «Squashspielen und Fingerspreizübungen sind beinahe dasselbe», denke ich bitter. Nur ist Squashspielen Vergnügen, Spass und Lebensfreude. Fingerspreizübungen sind bloss Anstrengungen in einer kniffligen und mühsamen Aufbauarbeit. Auf welche Ziele arbeite ich hin? Sind sie denn absehbar? Und doch, abgestürzt auf eine früher nicht vorstellbare Stufe, tragen mich alte Gewohnheiten. Ich strebe in spielerischer Form den Sieg an.

Sonntag, 5.3.1989

Endlich kann ich den ungeliebten Rollstuhl abgeben. Was für ein Erfolg! Zum ersten Mal sehe ich den schwachen Schein einer lebenswerten Zukunft.

Mittwoch, 8.3.1989

Heute konnte ich die Duschbrause mit der rechten Hand halten. Meine Mutter hat an diesem Tag Geburtstag. Ich lade sie zum Nachtessen ins berühmte Hotel Quellenhof ein.

Samstag, 25.3.1989

Ich habe mich ohne fremde Hilfe angekleidet.

In der Mundtherapie werden die Beeinträchtigungen der Zungenbewegungen und die Lähmung des Gaumensegels behandelt. Ich muss durch einen Trinkhalm Stücklein von Styropor vom Tisch weg ansaugen und mit dem Halm in ein Glas transportieren. Das Ansaugen wie das Loslassen ist schwierig. Ich kann nur sehr mühsam Bewegungen auslösen und kontrollieren. Dabei spielen mir die Augen zusätzliche Streiche. Wie soll man ein Glas treffen, das man doppelt sieht? Und doch erkenne ich heute zum ersten Mal, dass sich das Sprechen dank der intensiven Mundtherapie deutlich zu bessern beginnt.

Donnerstag, 6.4.1989
Meine Mutter und Petra fahren mich nach Zürich in die Sehschule des Universitätsspitals zu einer Kontrolle. Sie ergibt für das rechte Auge eine Verbesserung der Sehschärfe von zehn auf fast neunzig Prozent.

Montag, 10.4.1989
Seit fünf Tagen marschiere ich allein und ohne Sturz von der Wohnung zur Klinik und wieder zurück.

Dienstag, 18.4.1989
Wir fahren zu weiteren Sehtests nach Zürich. Erstmals bewegen sich beide Augen gemeinsam, aber immer noch erscheinen Doppelbilder. Herr Professor Lang spricht mit mir darüber. Er erklärt mir: «Eine Operation ist nicht möglich. Die Störung hat ihre Ursache im Hirnstamm, nicht das Auge, sondern die Steuerung ist defekt. Das Auge wird für die Anpassung noch mindestens ein Jahr brauchen. Wir werden versuchen, mit Hilfe einer Spezialbrille eine Korrektur zu erreichen.»
Sehen ist zusätzlich durch einen Gesichtsfeldausfall (Hemianopsie) eingeschränkt. Ich kann Dinge, die rechts von mir liegen, schlecht wahrnehmen. Oft weiss ich zwar, dass da noch etwas ist, aber ich sehe es nur, wenn ich meinen Kopf drehe. Dadurch ist mein Bild der Welt eingeengt.
Ich kann nicht an unwiederbringliche Verluste glauben, solche Gedanken sind unerträglich. Ich weise sie weit von mir. Noch immer glaube ich, alles könne wieder werden, wie es war.

Dienstag, 25.4.1989
Ich habe den Bericht der Augenklinik erhalten. Er entmutigt mich. Trotz des Gesprächs mit Professor Lang habe ich Therapie erwartet. Nun bekomme ich schwarz auf weiss die Diagnose einer unbehandelbaren Sehbehinderung.

Mittwoch, 26.4.1989
Heftige Stürme und der einzige Schnee des Jahres 1989. Wie sinnig. Der Frühling kündet sich als Winter an. Die Natur gibt meiner Stimmung recht.

Mittwoch, 3.5.1989
Beim Gehen schaue ich erstmals geradeaus, statt dauernd auf den Boden zu starren, als müsste ich dort nach verlorenen Münzen suchen. Heute kam in der Badetherapie beim Crawlen der rechte Arm in einem ausfahrenden Rundschlag mit, bislang hat sich nur der linke Arm bewegt, der rechte hing schlaff im Wasser.

Montag, 5.6. – Dienstag, 8.8.1989
Meine Mutter ist abgereist. Auf Wunsch des Chefarztes soll ich lernen, allein zu haushalten. Ich bewohne jetzt ein Studio. Ich beginne, meine Umgebung wahrzunehmen und merke, dass es anderen sehr viel schlechter geht als mir. Im gleichen Block wohnt eine junge Frau mit ihrer Mutter. Die Tochter ist nach einer Vergiftung gelähmt. Sie kann überhaupt nicht sprechen. Nach der Physiotherapie benötigt sie jeweils sehr lange, um ihre Schuhe zu schnüren. Obschon ich erkenne, wie schlimm ihr Schicksal ist, möchte ich davon nichts wissen. Ich schaffe es nicht, am Leben anderer Behinderter teilzunehmen. Deshalb weiche ich ihnen aus. Meist schlafe ich.

Mittwoch, 7.6.1989
Heute findet ein Gespräch mit zwei Therapeuten, einem Berufsberater und meinem Chef statt. Er hat mich in Valens aufgesucht, um mit mir über meine berufliche Zukunft zu sprechen.
Ich sehe, dass sich mein Chef unbehaglich fühlt. Vor Verlegenheit bekommt er einen knallroten Kopf. Dann sagt er: «Herr Bucher, die Situation ist unhaltbar. Wir müssen in nächster Zeit Ihre Stelle ausschreiben.» Obwohl meine Vernunft sieht, dass meine Stelle besetzt werden muss, komme ich vom Verdacht nicht weg, dass man mich loshaben will. Später erfahre ich, dass schon am

Tag dieses Besuches ein Inserat erschienen war. Sogleich fühlte ich mich belogen, auf die Seite geschoben, abgeschrieben. Selbst drei Jahre später weckte die Nachricht, meiner Nachfolgerin sei die Arbeitsstelle gekündigt worden, Bitterkeit in mir. «Da sieht man!» dachte ich. Noch immer schien mir, sie hätten auf mich warten können. Es vergingen zwei weitere Jahre, bis ich für mich den Anfang eines neuen Lebens fand.

Freitag, 30.6.1989
Der Chefarzt Dr. Kesselring hat eine fünfwöchige Therapiepause verordnet. Ich fahre nach Hause, wo ich bei meinen Eltern wohne. Dort soll ich mich entspannen und erholen. Ich soll keine Therapien einplanen. Diesem Rat wäre ich gerne gefolgt.

In dieser Zeit fahre ich zu einer allgemeinen Kontrolle und wegen der Doppelbilder zweimal nach Zürich. Als Therapieversuch erhalte ich von der Augenklinik die versprochene Korrekturbrille mit Folien für die Gläser. Die eine Folie ist quer-, die andere längsgestreift. Mit dieser Brille soll ich fernsehen. Ich kann aber nur vage Umrisse auf dem Bildschirm erkennen. Die Erfolglosigkeit des Versuchs macht ihn für mich zum entsetzlichen Experiment.

Noch in Valens begann sich am rechten Fuss die Achillessehne zu verkürzen. Um dieser Fehlentwicklung entgegenzuwirken, habe ich ein hölzernes Dreieck erhalten, auf dem ich täglich eine Stunde stehen soll. Mit dieser Übung muss ich zu Hause fortfahren, damit die Achillessehne gedehnt wird.

So stehe ich denn, die Korrekturbrille auf der Nase, täglich eine Stunde auf meinem Brett und versuche wie durch Nebel fernzusehen. Manchmal übe ich mich im Erkennen verborgener Gegenstände, um Beweglichkeit und Tastsinn der rechten Hand zu verbessern. Dann grapsche ich in einem Becken mit Vogelsand, um darin versteckte Dinge zu erspüren. Aber auch das misslingt. Die defekte Feinmotorik schafft die Aufgabe nicht richtig.

Öfters gehe ich mit meiner Mutter spazieren. Immer wieder kommt es vor, dass die lähmungsbedingte Verkrampfung der Muskeln zu einem reaktiven Zittern des Armes und der Hand führt. Dann muss meine Mutter mit ihren Händen auf Arm und Hand drücken, bis sich die Muskeln entspannen. Nach wenigen Schritten erscheint jedoch das Zittern wieder. Nach Dreiviertelstunden bin ich in Schweiss gebadet und wir müssen nach Hause zurückkehren. Manchmal versuchen wir uns in Ballspielen auf unserem Rasen. Auch diese Beschäftigung bringt grösste Ernüchterung, denn ich bin unbeholfener als ein Kleinkind.

Die ungeliebten täglichen Übungen und die mit Ablehnung erwarteten Kontrollen lassen die Tage endlos erscheinen. Am 8.8.1989 fahre ich mit meinen Eltern wieder nach Valens.

Mittwoch, 9.8.1989

In Valens sind diesmal dreimal eine halbe Stunde Therapie pro Tag vorgesehen. Ich streike und täusche Fieber und Schwindelanfälle vor. Vielleicht brauche ich eine Dosis schlechten Gewissens, um weitermachen zu können. Mich dünkt, ich hätte ständig Pause. Noch immer schaffe ich es nicht, für mich allein eine Beschäftigung zu finden. Nur Therapie und meine Erwartung, durch Therapie frühere Fähigkeiten vollständig zurückzugewinnen, machen für mich Sinn. Therapie muss das für mich leisten.

Freitag, 11.8.1989

Bereits bei meiner Ankunft habe ich auf meinem Wochenplan einen Termin für eine neuropsychologische Abklärung zur Kenntnis genommen. Kneifen kann ich nicht. So finde ich mich zur angegebenen Zeit in der Klinik ein. Ich werde in einen kleinen Raum gewiesen, wo mich an einem Tisch eine ältere Frau erwartet. Ich setze mich ihr gegenüber. Die Frau legt mir ein leeres Schreibpapier vor und fordert mich auf, mit der linken Hand meine Adresse in das Adressfeld zu schreiben, mit meiner rechten Hand das Blatt an ein zweites, leeres Blatt zu heften, die beiden Blätter dann so zu falten, dass sie in ein längliches Fenstercouvert passen und die Adresse im Fenster erscheint. Das war einer meiner ersten Schreibversuche links. Seit ich mich mit Sprechen verständigen konnte, hatte ich zäh darauf bestanden, erst wieder zu schreiben, wenn ich rechts schreiben könne. Nur unter dem Druck der Situation schreibe ich diesen leeren Brief an meine Adresse.

Dann werden mir zweifarbige Würfel vorgelegt, die ich nach logischen Gesichtspunkten mit der rechten Hand zu einem vorgegebenen Muster ordnen soll. Im nächsten Test erhalte ich Zahlenreihen, die ich ergänzen muss, zum Beispiel ist die Reihe 7, 5, 3, 13, 11 mit der nächsten Ziffer (hier 9) zu ergänzen. Diese Aufgabe dünkt mich nicht allzu schwierig, nur macht mir die Sehstörung zu schaffen. Die Zahlenreihen schwimmen vor meinem Blick davon, um bald einfach, bald doppelt plötzlich wieder aufzutauchen. Mein Unmut wächst. Ich fühle mich ungerecht behandelt und mit Absicht in Nachteil versetzt. Was soll denn hier geprüft werden? Meine Fähigkeit Zahlenreihen richtig zu lesen oder jene, Zahlenreihen logisch zu ergänzen? Wie sollte ich bei meinen visuellen Problemen eine solche Aufgabe richtig lösen können? Auch mit der rechten Hand Figuren legen, ist für mich noch immer schwierig und anstrengend. Zusätzlich macht mir bei allen Aufgaben die starke Ermüdbarkeit zu schaffen.

Die Psychologin rät mir, jetzt mit der linken Hand schreiben zu lernen. In vier Wochen soll eine zweite Sitzung stattfinden. Danach seien noch etwa drei Termine einzuplanen. Vor dem Zimmer warten meine Eltern. Voller Ablehnung gehe ich teilnahmslos, das gelähmte Bein mühsam nachschleppend, den Flur hinunter und lasse Eltern und Psychologin vor dem Zimmer stehen. Mögen sie über mich urteilen, befinden und verfügen. Was geht mich das noch an?

Meine Eltern haben versucht, mir das Gefühl, versagt zu haben, zu nehmen. Sicher haben sie mir alles Positive im Urteil der Psychologin mitgeteilt und alles Negative verschwiegen. Wie Morgentau am welken Blatt perlten ihre wohlgemeinten Worte ab. Noch immer glaubte ich, es müsste alles wieder werden wie es war. Der blosse Hauch einer anderen Meinung erschien mir wie Verrat. Erst viel später erfuhr ich von meiner Mutter, dass die Psychologin der Auffassung war, ich hätte meinen Zustand überhaupt nicht akzeptieren können.

Zur zweiten Sitzung erscheine ich noch. Weitere Termine halte ich nicht mehr ein.

Samstag, 9.9.1989

Ein weiterer Monat mit der alten Therapieroutine ist vorbei. Heute ist ein denkwürdiger Tag. Ich verabschiede mich von den Therapeuten. Ich sehe, dass sie viel für mich getan haben. Ich bedanke mich bei Herrn Dr. Kesselring. Obwohl ich jeweils nur am Donnerstagmorgen eine Viertelstunde mit ihm sprechen konnte, war er für mich die wichtigste Bezugsperson.

Was wird mir die neue Umgebung bringen? Wie wird die Umwelt auf mich reagieren und wie über mich denken? In meine Erwartungen mischt sich Angst.

Das ganze Leben
ist ein einziges Wiederanfangen.

Hugo von Hofmannsthal

Die Sicht des Mediziners:
PD Dr. med. J. Kesselring, Valens

Montag, 20.2.1989: Wie an jedem Montag steht heute für den ganzen Tag Sprechstunde auf meinem Wochenplan. Zu jeder vollen Stunde ist ein neuer Patient eingeschrieben, denn eine ganze Stunde benötige ich schon, um in einem ersten Gespräch die Probleme eines neu zugewiesenen Patienten zu erfassen. Erst nach einer gründlichen neurologischen Untersuchung kann die Therapie gezielt geplant und eingesetzt werden.
Um drei Uhr kommt Herr Bucher, ein 25jähriger Mann, in Begleitung seiner Mutter. Bei der Begrüssung fällt auf, dass er abgehackt und monoton, im übrigen aber gut verständlich spricht. Die wenigen Schritte ins Sprechzimmer sind etwas unsicher, das rechte Bein etwas steif, der rechte Arm etwas angewinkelt. Wie viel wird mir dieser junge Mann von sich und von dem, was er in den letzten Monaten erlebt hat, preisgeben, damit ich das Wesentliche seiner Biographie erkennen kann? Soll die Rehabilitation erfolgreich sein, muss der Arzt die Persönlichkeit des Patienten richtig erfassen und das Team sorgfältig instruieren. In meinem ersten Bericht zur Anamnese liest sich die Zusammenfassung seiner Angaben prosaisch: «Am 16.11.1988 traten bei Herrn Bucher akut Schwindel und Kopfschmerzen auf. Am Abend des gleichen Tages wurde eine Halbseitenlähmung rechts festgestellt. Anderntags sei er gestürzt. Er kam danach über das Kantonsspital Winterthur ins Universitätsspital Zürich, wo eine

Thalamusblutung links festgestellt wurde.» (Ich kann mich immer noch nicht daran gewöhnen, dass die alten Anatomen dieser Struktur in der Tiefe des Gehirns den Namen Thalamus, Hochzeitsbett gegeben haben, vor allem dann, wenn ich, wie jetzt bei diesem Patienten, mir vorstellen muss, dass es da hineingeblutet hat…).

«Trotz intensiver Therapie verschlechterte sich die schlaffe Hemiparese rechts und der Bewusstseinszustand. Am 26.11.1988 zeigten erneute Schädel Computeraufnahmen eine laterale Ausdehnung der Blutung, die gleichentags durch eine suboccipitale Craniotomie entfernt wurde» (eine Operation am offenen Hirn im hinteren Schädelbereich). Ich stelle mir vor, wie die Schwestern im Universitätsspital die Verschlechterung des Zustandes als erste feststellen, den Notfallarzt verständigen und dieser die heutigen technischen Möglichkeiten ausschöpft und eine Computertomographie verordnet.

Diese Röntgentechnik hat einen Traum vieler Ärztegenerationen erfüllt: einen Blick ins Innere des Schädels tun. Aus eigener langjähriger Erfahrung in der Neurochirurgie kann ich mir die Szene im Universitätsspital gut vorstellen: der Radiologe teilt dem Assistenzarzt den für ihn völlig anonymen Befund mit, dieser geht damit zum Chef, um das weitere Vorgehen zu besprechen. Da kann es keinen Zweifel geben, eine Operation ist unumgänglich, obwohl die Blutung in einem Gebiet des Gehirns liegt, das nur schwer zugänglich ist.

Ein Glück für den jungen Mann, dass er von Prof. Yasargil persönlich operiert wurde, einem der allererfahrensten Neurochirurgen auf der Welt. Er hat geniale Methoden entwickelt, die ein schonenderes Operieren im Gehirn mit weitestmöglicher Erhaltung des gesunden Gewebes erlauben. Und doch steht auch er in einer langen Tradition, in der Wissen und Können des Faches vom Lehrer auf den Schüler weitergegeben wurden: von Harvey Cushing um die Jahrhundertwende über Sir Hugh Cairns im London Hospital der dreissiger Jahre zu Prof. Krayenbühl in den Fünfzigern (Prof. Krayenbühl hat die Neurochirurgie in der Schweiz zu einer eigentlichen Schule aufgebaut).

Zu lange habe ich selbst bei einem andern grossen Meister dieser Schule gelernt, als dass ich mir nicht genau vorstellen könnte, wie die Operation bei Herrn Bucher abgelaufen ist: das Rasieren des Nackens und des Hinterhauptes, die Desinfektion und das Abdecken mit den grünen Tüchern, dann die stundenlange, vorsichtige Präparation unter dem Operationsmikroskop und zuletzt die für den Patienten und seine Angehörigen so dramatische Zeit des Erwachens nach der Narkose und der Erholung in den folgenden Wochen bis zum Spitalaustritt. In meinem Bericht ist das alles in einem Satz zusammengefasst: «In der Folge erholte sich der Patient relativ rasch und konnte Ende Januar nach Hause entlassen werden.» Aus den Berichten erfahre ich noch, dass beim untersuchten Gewebe ein Angiom gefunden wurde, das heisst ein Gefässknäuel, der vollständig entfernt wurde. Es ist deshalb nicht zu befürchten, dass eine solche Blutung wieder auftritt.

Wie ich vom Patienten erfahre, hat er einen Zwillingsbruder und einen um ein Jahr älteren Bruder und arbeitete bisher als Vormundschaftssekretär und Substitut des Gemeinderatsschreibers in B.

Als sich Herr Bucher zur Untersuchung entkleidet, sehe ich, dass er noch Hilfe braucht, um die Socken auszuziehen, sonst aber weitgehend selbständig ist. Spontan zeigt er mir, wie er seit einigen Tagen neu die Zehen bewegen und beim Gehen (mit Unterstützung) das Knie besser kontrollieren kann. Die ausführliche neurologische Untersuchung nimmt etwa eine halbe Stunde in Anspruch. Im Bericht halte ich nur die pathologischen Befunde fest: «eine rechts weitere Pupille als links mit verlangsamter Lichtreaktion, ein ausgeprägter rotatorischer Horizontal- und Vertikalnystagmus», also eine Störung der Koordination mit ruckartigen, unkontrollierbaren Augenbewegungen, «ein abgeschwächter Cornealreflex rechts», der wohl auf «eine zentrale Gesichtslähmung rechts» zurückzuführen ist (wenn man die Hornhaut berührt, schliesst sich das Auge automatisch und wird so vor Verletzungen geschützt. Veränderungen des Cornealreflexes sind diagnostisch aufschlussreich). Ferner ist «ein Abweichen der Zunge nach rechts» zu beobachten. «Die Muskeleigenreflexe sind gesteigert. Der Gang ist arhythmisch und langsam, das rechte Kniegelenk hyperextendiert (überstreckt). In der Spielbeinphase zeigt sich eine ungenügende Selektivität mit Beugemuster (ein unangemessener Bewegungsablauf), initialem Vorfusskontakt und assoziierter Reaktion im rechten Arm (der Patient zieht auf der gelähmten Seite das Knie hoch, als müsste er eine Stufe ersteigen und landet wie beim Sprung auf den Zehenspitzen). Am rechten Arm ist die proximale Stabilität vermindert, starker Zug in Pronation bei guter distaler selektiver Muskelfunktion. Diskret verminderte Oberflächen- und Tiefensensibilität am rechten Arm und Bein, vor allem distal.» (Die Bewegungen des Oberarms sind wenig kontrolliert, bei Drehbewegungen verkrampfen sich die Muskeln, doch können mit der Hand relativ genaue Bewegungen ausgeführt werden).

Der Neurostatus ist ein ausserordentlich feines Instrument, um Funktionsstörungen des Nervensystems zu erfassen und in Begriffen zu beschreiben, die einen streng festgelegten Inhalt haben. So bleibt die Verständigung zwischen verschiedenen Ärzten und Therapeuten über die neurologisch aufschlussreichen Störungen bei einem bestimmten Patienten selbst von einer Fachdisziplin zur anderen stets gewährleistet. Das ist für die Diagnose und über die Diagnose für die Therapie von Bedeutung.

Auch diese Technik der Untersuchung hat eine lange Tradition, die zum Teil über die gleichen Wege wie diejenige der Neurochirurgie in die Schweiz gekommen ist.

Die im Neurostatus erhobenen Befunde sind aber wenig geeignet, die Behinderung eines Patienten zu erfassen. Wir können sein psychosoziales Handicap so nicht beschreiben und seinen persönlichen Verlust an Lebensqualität so nicht verstehen. Dafür müssen neue Wege gesucht werden. Dies gilt bereits für die im Neurostatus erfassten einzelnen neurologischen Tatbestände, über deren Verbindungen in einer bestimmten Tätigkeit nichts ausgesagt wird.

Eine Möglichkeit bietet die Beobachtung des Verhaltens von Patienten in Alltagssituationen und die Dokumentation über Video. Denn aus der Beschreibung allein lässt sich nicht ersehen, ob die Gangstörung etwa durch eine ungenügende Fixation des

Spielbeines infolge unzulänglicher Rumpfaktivität bedingt ist oder daraus folgt, dass der Kniestrecker nicht genügend regelmässig den Pendelschlag des Spielbeines gegen die Schwerkraft zu bremsen vermag. Ausserdem könnte das Zusammenspiel von Strecken und Beugen nicht genügen, um das Knie zu kontrollieren, ohne dass es gleich durch Überstreckung blockiert werden muss.

In ähnlicher Weise gilt für andere Schwierigkeiten, dass der Neurostatus die wahren Probleme des Patienten oft nicht erfassen kann. Wenn ich notiere: «dysarthrische Sprache», so stelle ich eine Sprechstörung fest und setze gleichzeitig eine unversehrte Fähigkeit zur Sprachproduktion voraus. Nur die Artikulation ist undeutlich. Erst im Verlaufe eines längeren Gesprächs, wird mir vom Patienten klar gemacht, dass dieses im Neurostatus fast beiläufig erwähnte Symptom für ihn das Hauptproblem darstellt, weil er befürchtet, dass Mitmenschen ihn deswegen für einen Trottel halten. Solche Ängste und Erfahrungen führen dazu, dass diese Patienten sich aus Scheu vor den Reaktionen unwissender oder uneinsichtiger Mitmenschen zurückziehen und so der Gesellschaft ihr Bestes, nämlich sich selbst, vorenthalten.

Jede Woche sehen wir uns in der Sprechstunde: für eine Kontrolle steht nur eine Viertelstunde zur Verfügung, aber immerhin: Die Gespräche vertiefen sich. In der motorischen Rehabilitation sind fast bei jeder Konsultation Fortschritte zu notieren. Oft geben die handschriftlichen Eintragungen in der Krankengeschichte isoliert gelesen kaum Sinn, sie sind aber Mosaiksteinchen in einer Rehabilitationsgeschichte, die sich allmählich entfaltet: «kommt zu Fuss, frei gehend», «Lichtreaktion jetzt symmetrisch», «Lesen nur mit abgedecktem rechtem Auge möglich».

Vom 30. 6. bis 7. 8. 1989 wird eine Therapiepause von fünf Wochen eingelegt und am 9. 9. 1989 tritt Herr Bucher aus der Klinik Valens aus.

Herr Bucher hat sich erfreulich entwickelt. Sechs Wochen nach Eintritt wird ein Funktionstest wiederholt, wie er schon bei der Eintrittsuntersuchung der Physiotherapeuten durchgeführt worden war. Darin wird eine Reihe von motorischen Fähigkeiten untersucht, wobei die Reihenfolge der Aufgaben hierarchisch gegliedert ist. Fähigkeiten weiter unten auf der Testskala werden erst geprüft, wenn die vorangegangenen Aufgaben sicher durchgeführt wurden. Das bedeutet, dass eine Zunahme der Punktzahl tatsächlich eine Funktionsverbesserung anzeigt. Bei Herrn Bucher waren in diesem Test schon am 6.4.1989 derartige Fortschritte zu verzeichnen, dass ich sie mit zwei Ausrufezeichen in die Krankengeschichte notiere: «grobe Funktionen 5/10, Arm 1/8, Rumpf 5/8». Herrn Buchers Entwicklung blieb in den folgenden Wochen weiterhin erfreulich, und so kann ich im Austrittsbericht festhalten, dass dies einer aussergewöhnlichen Funktionsverbesserung entspricht.

Wer nicht mehr liebt
und nicht mehr hasst,
kann überall und nirgends leben.

Christa Wolf

Wieder daheim

Aus Valens zurückgekehrt, ins Leben entlassen, ziehe ich Fazit. Seelisch komme ich mit den Bewegungsbehinderungen noch am besten zurecht. Hängt das vielleicht damit zusammen, dass Gesunde gegenüber Körperbehinderungen weniger Vorurteile haben als gegenüber Beeinträchtigungen des Sprechens und Denkens, gegen die viele voll innerer Ablehnung sind? Für mich waren jedenfalls die Sprechstörung, die Sehstörung und das plötzlich auftretende heftige Zittern der rechten Hand besonders belastend.

In der Neuro-Rehabilitation muss der Patient sehr viel Eigeninitiative entwickeln, und das für Ergebnisse, die ihm selber meist dürftig erscheinen. Das ist entmutigend. Gelegentlich wird einem auch vorgegaukelt, mit Willen und Einsatz sei mit der Zeit jedes Ziel zu erreichen.

Bi erklärte mir später, dass eine tote Nervenzelle tot bleibe. Therapie könne dem Patienten nur helfen, sich anzupassen, indem er durch den geschickten Einsatz erhaltener Fähigkeiten Ausfälle kompensiere. Dabei könnten erstaunliche Ergebnisse erzielt werden. Rückbesinnung auf kreative Fähigkeiten sei wichtig. Mitleid, wie es mein Chef aus Weichherzigkeit zeigte, hilft nicht, ja es verstärkt nur die Neigung, sich selbst zu bedauern. Oft bin ich auf Konfrontationskurs, auch zu Hause. Die Versuchung ist eben gross, mich dort schadlos zu halten, wo man mir viel Aufmerksamkeit entgegenbringt.

Dienstag, 12.9.1989

Meine Mutter hat weitere Therapien für mich organisiert. Schon am Tag nach meiner Heimkehr gehe ich nach U. in die Physiotherapie, für die auf meinen Wunsch täglich eine Stunde eingesetzt wird. Wie ich später erst erkenne, erreichte ich damit nicht mehr. Erst nach und nach finde ich mich damit ab, dass vieles zeitlich biologisch bestimmt ist. Es kann durch längere Therapiesitzungen nicht erzwungen werden. Gegen Ende der Sitzung führt die rasche Ermüdbarkeit zu Misserfolgen. Bi meint, Herrn Dr. Kesselrings Therapieverordnungen hätten schon ihren guten Sinn.

In der Ergotherapie soll ich mit der rechten Hand Figuren aus Legoklötzen legen, was mir schlecht gelingt. Ich kann in Lego nur ein Kinderspiel sehen. Was soll das für eine berufliche Tätigkeit bringen? Bin ich denn zum Vierjährigen geworden? Meine Verzweiflung hakt sich an einem Detail fest. Sie macht mich unfähig, das Übungsprinzip zu erkennen. Ohne Erfolgserlebnis kann ich nicht arbeiten. Die Ergotherapie empfinde ich bald als sinnlos.

Montag, 6.11.1989

Wieder ein Montag. Der Song «Tell me why I don't like Mondays» drückt meine Stimmung treffend aus.

Dienstag, 7.11.1989

Wenn ich morgens aufstehe, denke ich an Therapie: «Wie mache ich sie? Mache ich sie richtig? Gehe ich den Therapeuten nicht auf die Nerven?» Das macht mich unsicher, lähmt mich.

Heute war nach der Physiotherapie-Sitzung eine Ergotherapie-Sitzung eingeplant. Meine Mutter hat auf mich gewartet, um mich zu begleiten. Doch ich will in Ruhe gelassen werden und streike. Wir verlassen die Praxis. Später stehen Mutter und ich mit dem Schicksal hadernd, weinend und verzweifelt am Aabach. Ich bitte meine Mutter, mir in der Apotheke eine beträchtliche Dosis Schlaftabletten zu besorgen. «Das kannst du von mir nicht verlangen, wenn du so etwas wirklich tun willst, musst du es schon selber machen.» Dann fährt sie mich nach Hause und telefoniert dem Arzt.

Mittwoch, 8.11.1989
Mein Hausarzt kommt zu einem Gespräch. Er rät uns: «Brechen Sie alle Therapien sofort ab. Müdigkeitserscheinungen nach einem Jahr intensiver Rehabilitation sind normal.»

Donnerstag, 9.11.1989
Heute geht es mir etwas besser. Ich schlafe sehr viel.

Dienstag, 21.11.1989
Wir fahren zu einer neurochirurgischen Kontrolle ins Zürcher Universitätsspital. Zu meinen Sprachproblemen bemerkt die Ärztin: «Es wird noch mindestens zwei Jahre dauern, bis bei der Sprache echte Fortschritte eintreten können.» Welche Aussichten! «Übungen zum Zusammenspiel von Atmung und Stimmführung sollten mit einer Therapie der Artikulation kombiniert werden.» Der Rat ist gut, doch mit der Durchführung werden wir allein gelassen. Meine Mutter sucht einen Therapeuten und findet einen Heilpädagogen, der bereit ist, mit mir zwei- bis dreimal wöchentlich ein Sprechtraining durchzuführen. Die Sozialversicherung weigert sich vorerst, die Kosten der Behandlung zu übernehmen, da ich ja nie mehr arbeiten könne: «Jemand, der nicht arbeiten kann, braucht auch nicht zu sprechen», denken sie wohl.
Die Organe unserer Sozialversicherung verstehen oft wenig von den sozialen Folgen einer Sprachbehinderung. Sie sehen nicht, dass es für viele dieser Menschen ohne sprachtherapeutische Hilfe keine soziale Integration gibt. Diese Verständnislosigkeit wird etwa in folgendem Zitat deutlich: «Soziale Integration bedeutet die Wiedereingliederung sämtlicher von der Gesellschaft ausgegrenzter Personen allgemein und innerhalb von Randgruppen, also nicht nur Behinderte, sondern beispielsweise auch Strafgefangene und Angehörige ethnischer Minderheiten, wie Zigeuner usw. Die Aufgabe der Sozialversicherung ist vordergründig die wirtschaftliche Integration geistig und körperlich Behinderter.»
Wohin sollen sich denn Behinderte für Hilfe bei der therapeutischen Förderung von Fähigkeiten wenden, die für Kontakte mit

der Umwelt wichtig sind? Aufgabe der Krankenkassen ist das bei uns nicht, denn es wird dabei nicht eine Krankheit sondern ein sozialer Notstand behandelt.

Mittwoch, 22.11.1989
Heute wollte ich endlich weg von diesem Leben, weg von zu Hause. So brachten meine Eltern mich auf meinen Wunsch in meine alte Wohnung nach B. Merkwürdiger Abend. Ich möchte nicht viel dazu sagen, nur: mein Hirn war wie ein Computer «out of memory». In meiner Erinnerung dieses Abends scheinen Eindrücke auf: Dunkelheit im Denken, Sinnfragen, Vergleiche, Testament, Wein, Musik, Küchenmesser und elektrischer Strom. Ich spürte einen mächtigen Sog, der mich wegzog, als ich beim Abfassen eines Testamentes an Gläubiger dachte. Ich hatte Tränen in den Augen. Zugleich kam Lachen in mir hoch, was wohl niemand ausser mir verstehen kann. Ich weiss noch, dass ich den Kollegen und Kolleginnen in guter Erinnerung bleiben und mich niemals mehr in meinem jämmerlichen Zustand zeigen wollte.
Das Wort TESTAMENT verbarg für mich Unheimliches: TEST und AMEN steckten darin und das Kreuz Christi in der Gestalt des letzten T. War der Versuch aus dem Leben zu gehen vielleicht ein Test? Die Chance einer Wiedergeburt? Ich fühlte keine Angst mehr.
Ich schaue zum Fenster hinaus. Das Bild des satten Grüns der Wiesen, der letzten bunten Blätter, des bräunlich verblassenden Himmels fällt in die Leere einer umfassenden Banalität. Wo ist am Horizont ein Wegzeichen, ein flackerndes Licht? Die Angehörigen? Wie sollen sie sich mit der für sie schrecklichen Tat abfinden? Beharrlich kreisen meine Gedanken um diese eine Frage. Kann ich mich ihnen verständlicher machen, etwas verständlicher, wenn ich eine schriftliche Mitteilung hinterlasse? Ist es vielleicht nur Egoismus, wenn ich mich vorzeitig aus dem Leben verabschiede? Will ich das Gesicht wahren, um jeden Preis als der in Erinnerung bleiben, der ich einmal war. In zehn Tagen wird mein Zwillingsbruder Bruno heiraten. Er heiratet, er geht weg in eine heitere Zukunft. Ich bleibe verlassen, nutzlos und ohne Zukunft zurück.

Dann betrinke ich mich und versuche, mir mit dem Küchenmesser die Pulsadern an Hand, Arm und Fuss aufzuschneiden. Weil ich damit nicht zurechtkomme, will ich mich mit elektrischem Strom umbringen. Ich stecke das angeschlossene Kabel in die Armwunde. Der Stromstoss schleudert mich weg, der Schock bringt mich zur Besinnung. Ich blute stark und muss mich mehrmals übergeben. Jetzt rufe ich meine Mutter an. Sogleich fährt sie zusammen mit meinem Vater nach B. Die beiden nehmen mich mit und bringen mich zum Hausarzt. Ich bitte sie, über den Vorfall zu schweigen. Ich will nicht in eine Nervenklinik. Der Hausarzt näht die Wunden und spricht mir zu: «Wenn Sie in zwei Jahren noch so denken wie heute, sprechen wir miteinander darüber.»

Dienstag, 5.12.1989
Heute beginne ich das Training mit dem Home-Trainer, einem Rudergerät. Morgen habe ich Geburtstag.
Durch Üben hat sich die Einschränkung des Gesichtsfeldes stark gebessert und der Arzt hat mir erlaubt, wieder Auto zu fahren. Seither bin ich unfallfrei und ohne Busse gefahren. Früher war ich dazu nicht fähig. Jeden zweiten Monat flatterte eine Busse, meist wegen zu raschen Fahrens oder falschen Parkens ins Haus. Einmal waren es gar dreitausend Franken. Da musste ich zusätzlichen Verkehrsunterricht besuchen, bevor ich wieder fahren durfte.

Freitag, 29.12.1989
Begleitet von Musik fahre ich in meinem Auto das erste Mal ganz allein nach B. Ich habe mein Ziel erreicht, ab Januar 1990 wieder in meiner alten Wohnung zu leben. Damit habe ich wieder ein Stück meiner Selbständigkeit zurückgewonnen. Wer könnte mir raten, wie ich mit meinen Problemen zu Rande kommen und meinen Platz in der Welt finden soll? Ich muss selbst meinen Weg finden.
Rückblickend sehe ich, wie sehr ein Mensch in Not und Einsamkeit rechtzeitig eine rettende Bezugsperson braucht, an die er sich auch dann noch wenden kann, wenn Hoffnungslosigkeit

sein Denken bestimmt. Die Angehörigen können das nur beschränkt tun. Sie sind selbst verzweifelt und völlig überfordert. Nicht nur der Hirngeschädigte, alle mitbetroffenen Bezugspersonen brauchen Rat und Hilfe. Dann könnten auch glückliche und erfüllte Lebensjahre aus einer Behinderung entstehen.

De profundis clamavi ad te, Domine.
Aus tiefer Not schrei ich zu dir.

Vulgata

Auf dem Weg

Seit Ende Dezember 1989 bin ich wieder in B., in der Nähe des Gemeindehauses, wo ich früher arbeitete. Die kleine Wohnung liegt über der Scheune eines alten Bauernhauses, dort wohnt ein betagter Eisenbahner mit seiner Frau. Früher verweilte ich stets kurz bei ihm, wenn ich von der Arbeit kam und hörte mir seine alten Geschichten an. Ich hatte mich hier immer wohl gefühlt. Nun weiche ich allen Menschen aus, bleibe selbst bei meinem Nachbarn nicht mehr stehen. Ich bin an den Ort meines alten Lebens zurückgekehrt, das alte Leben aber ist nicht mehr.

Trotzdem geniesse ich meine Selbständigkeit und empfinde die Isolation als Schutz. Ich meide die Dorfläden. Zum Einkaufen suche ich die Anonymität riesiger Zentren, wo ich in der Menge untertauchen kann. Ich parke jeweils in einer abgelegenen Ecke der Tiefgarage, um beim Verlassen des Autos ja niemandem zu begegnen. Draussen blicke ich ängstlich umher und habe das Gefühl, alle Leute sähen sich nach mir um. Trotzdem muss ich den Weg zum Eingang unter die Füsse nehmen. Mein Denken hakt sich an einem Punkt fest: «Wie soll ich unbemerkt in das Geschäft gelangen und dabei noch einen Einkaufswagen holen?» Voll inneren Widerstandes schaffe ich es, in den Laden zu gelangen und einzukaufen. Dabei gelingt es mir immer wieder, jeden Kontakt mit anderen Menschen zu vermeiden.

An der Kasse gerate ich jeweils in Panik: «Wenn bloss die Kassiererin nicht mit mir zu sprechen beginnt!» Es fällt mir auf, dass mein Rückgeld hin und wieder nicht stimmt. Ich wage nicht zu sprechen und wehre mich nicht. Das Erlebnis wiederholt sich in Restaurants oder an Kiosken. Die Leute spüren meine Angst und nützen sie aus.

In den folgenden Wochen besuchen mich hin und wieder wohlmeinende alte Bekannte. Ich empfinde ihre Besuche stets als unangenehm, es kostet mich viel Überwindung, die Türe zu öffnen.

Jetzt faszinieren mich Randerscheinungen des Lebens, die nur teilweise erklärbar sind. Im Mai 1990 sehe ich im Schweizer Fernsehen die Sendung «Schirmbild» zum Thema «Autismus». Ich erfahre, dass die starke Ichbezogenheit und krankhafte Kontaktunfähigkeit aus autistischen Menschen kluge Idioten machen kann. Sie leben in einer Welt, zu der normale Menschen keinen Zutritt haben. Das Phänomen Autismus fesselt mich, obschon ich keine Gemeinsamkeit zwischen diesen Menschen und mir erkennen kann. Und doch dünkt mich, ich könne diese Menschen verstehen und mit ihnen fühlen.

Manche Autisten haben ungewöhnliche Fähigkeiten. Einer ist etwa schneller als ein Computer im Bestimmen des Wochentages eines bestimmten Datums. Nennt man zum Beispiel den 17.10.1910, so kommt innerhalb weniger Sekunden die Angabe, dass dies ein Mittwoch war. Von einem anderen Autisten wird berichtet, er könne Kirchen und Kathedralen zeichnen, die er nur fünfzehn Minuten betrachtet hat, dabei fehlten auch die Details nicht. Der Zeichner ist ein Junge von elf Jahren, seine Zeichnung von fotografischer Genauigkeit. Ich sehe, dass die Medizin immer wieder vor Rätseln steht und eigene Hoffnungen fliessen in den Wunsch ein, es möge medizinischem Wissen eines Tages gelingen, dunkle Dinge zu klären und solche Leiden in den Griff zu bekommen.

Während der nächsten sieben Monate ändert sich mein Leben kaum. Ich will den vielen alten Bekannten nicht begegnen, bleibe meist zu Hause. Ich schaue fern, höre Musik, liege viele Stunden am Tag im Bett und schlafe. Zweimal pro Woche besuche ich meine Eltern.

Unser Dorf liegt in einer Anflugschneise des Flughafens Kloten und mein Haus steht an einer verkehrsreichen Strasse. Flug- und Verkehrslärm, die ich früher kaum beachtete, gehen mir plötzlich auf die Nerven. In der Folge beginne ich mich mit Umweltproblematik auseinanderzusetzen. Ich lese Unterlagen der Kantonalen Abfalltagung aus dem Jahre 1986. Zu meiner Lektüre gehört auch ein Buch der Organisation «Greenpeace» mit dem Titel «Ozonloch und Treibhauseffekt» sowie eine Broschüre der Zeitschrift «Beobachter» mit dem Titel «Umweltschutz jetzt». Ich kann inzwischen ohne Doppelbilder lesen und verschlinge diese und ähnliche Schriften zu Umweltproblemen. Für einige Monate bin ich mit Lektüre über Abfall-, Öl- und Ozonthematik beschäftigt. Mir scheint die Angst der Politiker vor wirtschaftlichen Einbussen erheblich grösser als der Wille, durch wirksame Massnahmen die Umwelt zu schützen. Ich sehe, dass der rücksichtslose Umgang mit der Umwelt andere Menschen schwer beeinträchtigt. Weltuntergangsszenarien sprechen meine eigene Gefühlswelt an, der Verlust meines alten Lebens scheint mit den Endvisionen mancher Grüner Politiker eins zu sein. Ist meine Beschäftigung mit dem Thema Umwelt vielleicht ein erster Schritt hin zu den Menschen, selbst wenn ich nur auf negative Aspekte dieser Umwelt starre? Immerhin entwickelte ich dabei mein Verständnis für Umweltfragen und setze es heute wenigstens in einfachen Dingen in die Tat um.

Die Zeit der medizinischen Rehabilitation liegt hinter mir. Mit dem Ergebnis kann ich nicht glücklich sein. Mit abschliessendem Urteil entlassen, soll ich versuchen, selbständig zu leben. Wenn mir das nicht gelingt, bleibt nur die Unterbringung in einem Heim. An weitere Therapien wird nicht gedacht. Für unsere Sozialversicherung sind Therapien nur sinnvoll, wenn sie der beruflichen Wiedereingliederung dienen. Da ich nach dem Urteil der Gutachter nie mehr werde arbeiten können, bin ich abgeschrieben, muss selber sehen, wie ich zurechtkomme. Mehr und mehr beginnt mich der Begriff Wiedereingliederung zu stören. Ich finde, es verstecke sich dahinter eine negative Einstellung den Behinderten gegenüber und ein wenig taugliches Muster für die Rückgewinnung eines lebenswerten Seins.

Hier sitze ich also allein in meinem Unglück vergraben. Ich möchte an Neuorientierung denken, neu beginnen, neue Ausblicke, neue Wege und Schwerpunkte finden. Wiedereingliederung lässt mich an Strafgefangene denken, die zur Besserung des Bösen in eine Strafanstalt eingewiesen werden, damit sie sich fortan einordnen und nicht rückfällig werden. Wo ist bei mir Böses zu bessern? Wo könnte ich rückfällig werden? Kann Wiedereingliederung je mehr sein als eine schlechte Variante von Vergangenem? Ist die Vergangenheit nicht unwiderruflich verloren und werde ich nicht immer wieder auf das Ausmass meiner Behinderung stossen, indem mir Vergangenes zum Massstab gesetzt wird?

Manchmal steigen hasserfüllte Visionen in mir auf und ich denke: «Wartet nur, euch erwischt es auch.» Dann stelle ich mir Leute vor, die sich als Karrieristen in der Wirtschaftsmühle abrackern. Die werden sich bald einen Herzinfarkt holen. Und ich erbaue mich daran, sie in einer Kirche für immer verabschiedet zu sehen, umgeben von unzähligen Blumen mit Spruchtransparenten. Ich höre den Geistlichen Trost für die leidgeprüften Angehörigen spenden und Freunde den Verlust eines Tüchtigen bedauern.

Ich möchte einen Platz in der Gesellschaft finden, möchte wieder einen Stellenwert haben. Wie soll ich aber Platz in unserer Leistungsgesellschaft finden, wenn ich die gängigen Wertnormen nicht erfülle? Es genügt nicht, wenn meine Behinderungen geduldet werden, denn ich wünsche einen Weg zu finden, mit diesen Behinderungen auf sinnvolle Weise fertig zu werden. Dazu muss ich mich öffnen. Darum möchte ich, dass man mir zuhört und nicht bloss auf meine Sprechbehinderung fixiert bleibt. Ich möchte, dass der Zuhörer meine Sprechbehinderung als das wahrnimmt, was sie ist, eine Behinderung, durch welche Inhalte nicht ausgelöscht werden, sondern höchstens verdunkelt erscheinen.

Nach einem sinnleeren Tag blicke ich mit Bestürzung auf viele leere Tage, die noch kommen. Wie konnte ich je in einen so erbärmlichen Zustand gelangen, wo nichts mehr Freude macht und ich an niemandem und nichts einen guten Faden finden

kann. Nicht nur bei mir und meinen Mitmenschen starre ich unentwegt auf Unheimliches und Krankes, alles scheint mir von
Zerfall angefressen.

In dieser verzweifelten Lage kommt mir der Gedanke, ich könnte meine Erlebnisse und Gedanken aufschreiben. Hatte ich nicht
schon immer davon geträumt, eines Tages ein Buch zu schreiben? Den Buchstaben sieht ja keiner an, dass ich eine Sprechstörung habe und mich nicht normal bewegen kann. Von diesem Augenblick an steht «mein Buch» als Leitstern und Hoffnung
über meinem Leben.

Zwar bin ich noch kaum fähig, längere Zeit eine geistige Arbeit
zu verrichten, aber von nun an setze ich mich täglich an den
Küchentisch und schreibe mit der ungelenken linken Hand mühsam die ersten Seiten. Ich beginne meinen Text mit Berichten
und Gedanken über meine Erkrankung, den Spitalaufenthalt und
die Zeit in Valens. Es war eine Zeit voller Schrecken. Ich spüre,
dass hier ein Weg ist, sie zu verarbeiten. Erzählen machte mir
noch Mühe, und ich ahne nicht, mit welcher Betroffenheit ich
diese ersten Schreibversuche einmal lesen würde. Später konnte ich manchmal selber nicht mehr verstehen, was ich eigentlich
hatte sagen wollen.

Meine Schrift ist noch verwackelt, und meine Augen finden sich
in den Zeilen schlecht zurecht. Immer wieder verliere ich den
Faden und mein Kopf sinkt auf den Tisch. Dann schrecke ich
wieder auf und suche mich zu sammeln. Oft schlafe ich über
meiner Arbeit ein. Nach einiger Zeit erkenne ich, dass ich mit
einem Diktiergerät besser zurechtkäme. Sprechen ist zudem eine
gute Übung für die Artikulation. Ich beschaffe mir also ein Gerät
und beginne meinen Text zu sprechen. Anschließend will ich
ihn hören. Da ist aber nichts. Panik erfaßt mich. «Kann selbst ein
Aufnahmegerät meine Stimme akustisch nicht mehr verstehen?
Bin ich denn von der Umwelt völlig abgeschnitten? Was soll ich
tun?» In Schweiss gebadet und den Tränen nahe hantiere ich an
meinem Gerät. Ich drücke bald diesen bald jenen Knopf und
denke: «Nein, das gibt's doch nicht!» Nach einer verzweifelten
halben Stunde finde ich endlich heraus, welchen Knopf ich für
die Aufnahme betätigen muss. Als ich mich dann abhöre, klingt

meine Stimme fremd und meine Sprechweise erschreckt mich. Lange komme ich mit dieser Tatsache nur schlecht zurecht.

Bald hilft mir meine Mutter mit ihrem Tagebuch, das meinem Manuskript erste Fülle verleiht. Das Schreiben befreit mich und bringt mich vorwärts.

Das Annehmen der eigenen Behinderung ist ein schwieriger und schmerzhafter Prozess. Immer wieder hadere ich mit meinem Schicksal. Ich kann mir nicht vorstellen, wie ich als Behinderter in der Gesellschaft leben soll. Angst vor der Zukunft packt mich. Ich begreife, dass ich neue Werte im Leben finden muss. Vielleicht kann ich sie im zwischenmenschlichen Bereich finden. Ich möchte hilfsbereiter und offener für die Nöte anderer sein. Dadurch würde mein eigenes Schicksal von selber in den Hintergrund rücken. Dann würde es mir vielleicht wieder möglich werden, in meinem Leben einen Sinn zu sehen. Dazu muss ich erst zur eigenen Behinderung stehen. «Werde ich das je können und kann das Leben so noch lebenswert sein?» Schwer machen es mir da jene Leute, die nicht offen zu mir sind und ihre Ablehnung hinter geschäftigem Gehabe und dem Schein wohlmeinender Schonung verbergen.

Ich erinnere mich an den Tag im Dezember 1989, als mein ehemaliger Chef vorbeikam, um mir mein Arbeitszeugnis zu bringen und glaubte, mir damit eine Freude zu bereiten. Ich wurde beim Lesen jedoch nicht froh.

«Herr Daniel Bucher war ein sehr engagierter, kreativer, ein loyaler und verantwortungsbewusster Mitarbeiter. Schliesslich entstand unter seiner massgeblichen Mitwirkung eine neue Marktordnung, die der Gemeinderat Mitte 1988 in Kraft setzen konnte... Seine berufsbegleitende Ausbildung und seine gute Intelligenz und Auffassungsgabe erlaubten es dem Gemeinderat, ihn für Kaderfunktionen vorzusehen und ihn insbesondere im Rahmen einer Reorganisation der Gemeindeverwaltung in den Jahren 1987 und 1988 mit den diesbezüglichen analytischen und konzeptionellen Arbeiten zu betrauen... Nach Abschluss dieser Reorganisation wurde er anfangs Juli 1988 zum Substituten des Gemeinderatsschreibers und Leiter der Allgemeinen Abteilung ernannt. In dieser Funktion leitete er die Abteilung mit insgesamt sechs Mitarbeiterinnen und Mitarbeitern... Er pflegte einen angenehmen Umgang mit Mitarbeiterinnen und Mitarbeitern, aber auch mit dem Publikum bzw. der Bevölkerung... Wir haben mit ihm einen ausgezeichneten Mitarbeiter verloren, und wir vermögen nicht mehr, als ihm auch an dieser Stelle den Mut und die Kraft zu wünschen, hart an sich zu arbeiten, damit er seine Motivation für eine hoffnungsvolle Zukunft nicht verliert...»

Gewiss, ich war kein schlechter Mitarbeiter gewesen. Hätte das Zeugnis nicht ganz anders gelautet, wenn ich einfach die Stelle gewechselt hätte? Verbaute mir diese Lobrede nicht eher den Blick in die Zukunft? Sollte ich wirklich denken: «Das warst du einmal?» Wäre etwas mehr Zurückhaltung und eine Prise Kritik für meine Neuorientierung nicht hilfreicher gewesen?

Alle diese Umstände führen dazu, dass meine alte Wohngemeinde für mich unerträglich wird. Ich entschliesse mich, den Ort meines früheren Lebens zu verlassen und dorthin zu ziehen, wo ich aufgewachsen bin. Wieder ist es meine Mutter, die das Inserat einer Wohnung mit zwei geräumigen Zimmern in W. entdeckt. Wir gehen die Wohnung anschauen. Sie gefällt uns. Die Tochter der Vermieterin hat selber eine Hirnverletzung erlitten. So wird mir aus vierundfünfzig Bewerbern der Vorzug gegeben. Ende Juli 1990 ziehe ich in meiner neuen Wohnung ein und fühle mich sogleich wohl darin. Es ist, als hätte ich einen Schritt in die Nähe meiner unbeschwerten Kindheit und Jugend getan.

Gedankensplitter aus dem September 1990:

Du kannst zärtlich, ergreifend, ernst und
fröhlich sein.
Oft bessert sich durch Dich meine Traurigkeit.
Du öffnest das Wehr
und gibst meinen Tränen freien Lauf.
Du entriegelst für kurze Zeit ein Tor zur Flucht.
So kann ich träumen.
Danke, Musik.
Ich werde getragen von Leere, Schwere und Schmerz,
wenn im Spiegel meiner Seele
meine Gefühlswelt ungeschminkt aufscheint.
Ich vermute, es wird nicht einfach sein,
zur Bejahung zurückzufinden.
Ich vermute, irgendwann könnte alles sein
wie zuvor.
Doch ist das erstrebenswert?
Ich vermute, mein Spiegel wurde blind
und mein Bewusstsein stumpf.
Verwandlung ist angesagt.
Ich vermute, die Krankheit war nötig,
um Neuem eine Chance zu geben.
Ich vermute, mir ist dieses Leben geschenkt,
um Sorge zu tragen,
und ich sage: «Wirf nicht die Flinte ins Korn!
Die Seele kann den Körper entbehren,
umgekehrt aber nicht.»
Ich vermute, der Mensch darf Schwäche zeigen,
denn das kann Stärke sein.
Ich weiss, es wird sich lohnen zu leben,
wenn der Geschmack von gespürten Niederlagen
beseitigt ist.

Daniel, 26

Es ist leichter,
ein Atom zu zertrümmern,
als ein Vorurteil.

Albert Einstein

Einer von Vielen

Ich weiss, dass ich mit meinem Schicksal nicht allein bin, ja, dass mir im Vergleich zu anderen viel blieb. Lange verschloss ich mich allem, was mich an meine Behinderung erinnern konnte. Ich wollte mit Behinderten nichts zu tun haben.

In Valens wartete ich eines Tages im engen Korridor ganz in der Nähe eines ebenfalls behinderten jungen Mädchens. Da sassen wir in unseren Rollstühlen. Wir sahen einander sehr wohl, doch vermieden wir jeden Augenkontakt, als hätte sich uns im anderen Peinliches offenbart. Erst schrittweise erwachte in mir ein Gefühl für andere Hirnverletzte und ihre Familien.

Noch im Kantonsspital begegnete ich einer Frau, die mir vom schlimmen Schicksal ihres Sohnes S. berichtete. Er hatte als Tauchlehrer in Mombasa gearbeitet. Bevor er nach Mombasa verreiste, musste er auf unserer Gemeindekanzlei zuhanden des Kreiskommandos Auslandurlaub beantragen, und ich erinnere mich gut an ihn. Wir hatten damals kurz miteinander geplaudert und uns dann die Hand gegeben. Ich hatte ihm viel Glück gewünscht. Eineinhalb Jahre später lagen wir zur gleichen Zeit mit einer Hirnverletzung im Universitätsspital Zürich. Ich habe ihn dort nicht gesehen, traf aber seine Mutter, mit der ich einst zur Fasnachtszeit einen fröhlichen Abend verbracht hatte, eines Tages in der Cafeteria des Universitätsspitals. Der Zufall hatte uns wieder zusammengeführt. Wir sassen am gleichen Tisch und weinten. Später schrieb Frau T. ihre Erinnerungen nieder. Sie erzählte, was ihrem Sohn und ihr zugestossen war und schilderte ihr Leben mit ihrem hirnverletzten Kind:

«S. liegt schnarchend in seinem Pflegebett. Sein Gesichtsausdruck ist gelöst. Träumt er Schönes oder ist er erschöpft? Ich frage mich oft, ob er mit seinem jetzigen Leben zufrieden ist. War es richtig, nach dem Unfall sein Leben durch eine Hirnoperation zu retten?

Die vielen Fragen werden zum Alptraum. Immer wieder höre ich das Telefon läuten. Eine Stimme am anderen Ende der Leitung sagt: 'Frau Tanner, Ihr Sohn hatte einen Unfall… nein, keinen Tauchunfall… Silvio wurde von einem Auto angefahren; er hat zwei Rippen gebrochen und sich Kopfverletzungen zugezogen; die Ärzte tun ihr möglichstes… Er ist im Koma… Wir halten Sie auf dem laufenden. Es gibt gute Ärzte hier… Wir stehen bereits in Kontakt mit der Rettungsflugwacht und dem Universitätsspital Zürich… Kommen Sie nach Mombasa, wenn Sie können'…»

«Ich glaubte zu träumen; ich schien noch zu träumen, als ich mein Kind in Essigtücher gewickelt zu umarmen versuchte. Sein braungebrannter Körper strotzte vor Kraft. Der Verband lag wie ein Turban um seinen Kopf, liess sein aufgeschwollenes Gesicht und seine blutunterlaufene linke Gesichtshälfte nicht so erschreckend erscheinen. Das war 1988 in der Silvesternacht. Anfangs Januar 1989 wurde S. dann mit der Rettungsflugwacht in die Schweiz transportiert und in der Universitätsklinik Zürich von den Fachärzten gründlich untersucht. Sie versuchten, uns klarzumachen, wie schwer die Kopfverletzungen unseres Sohnes waren. Selbst wenn er überleben sollte, werde er zeitlebens bettlägerig und auf das schwerste pflegebedürftig bleiben. Ihre Worte blieben für uns unfassbar. Insgeheim lebte die Hoffnung, das alles werde sich nur als schlimmer Traum erweisen.»

«Ich habe gebetet; ich habe Kraft bekommen, das fast Untragbare zu tragen und habe gelernt, jeden Tag so zu nehmen, wie er kommt. Dank des grossen Einsatzes und des Fachwissens der Ergotherapeutin Rösli Frei, dank der Hilfe und des positiven Denkens der ganzen Familie und zuletzt, wer weiss, dank seiner selbst, ist unser Sohn heute in der Lage, im Rollstuhl zu sitzen, mit wenig Hilfe selber zu essen und zu trinken, am alltäglichen

Leben etwas teilzunehmen und sich uns durch seine Mimik, seine Augen und die Gesten seines linken Armes mitzuteilen. Wir haben viel gelernt, aber unser Dasein bleibt ein dauernder Kampf, sei es mit jenen Ärzten, welche für abgeschriebene Menschen keine Therapien verordnen wollen, weil sie nicht notwendig seien; oder sei es mit den Kranken- oder Unfallversicherungen, welche für Rehabilitation kein Geld mehr locker machen (weil sie in ihren Augen keine Heilung oder Verbesserung der Lebensqualität zu versprechen scheint). Dieser Kampf kostet uns sehr viel Substanz. Er bringt uns Angehörige oft an den Rand der Verzweiflung. Dann frage ich mich: «Warum wurde unser Sohn am Leben erhalten, wenn er für die Gesellschaft wertlos und sein Leben scheinbar sinnlos geworden ist...?»

Silvio

Du rollst Deine Augen unter den Lidern,
wenn ich schrei.
Wenn ich Dir unrecht getan, bitte verzeih.
Von einem Auto wurdest Du einfach überrollt,
Ärzte haben ins Leben Dich zurückgeholt.
Dein Körper war braun, kräftig und stolz,
Deine Seele empfindsam und nicht aus Holz,
Du spürtest im Koma jeden Hauch und jeden Schritt,
Du gabst Dir Müh aufzuwachen, Tritt für Tritt.
Dein Auge hat sich geöffnet für einen Augenblick,
die Leere darin hat mich beinah erstickt.
Doch Du hast nicht aufgegeben –
jetzt musstest Du und Du wolltest leben.

Die Zeit verging. Du bist allmählich erwacht.
Was hast Du von dieser Welt gedacht?
Noch immer wissen wir nicht, was Du denkst.
Bist Du zufrieden, im Rollstuhl eingezwängt?
Bist Du glücklich mit Deinem jetzigen Leben?
Oder möchtest Du lieber nach Höherem streben?

Du kannst nicht gehen, Du kannst nicht reden,
Du kannst Dich nur mit Grimassen wehren.
Du hörst Worte, und Du möchtest sie nicht hören,
Deine Freunde wollen Dich auch nicht mehr stören.
Für die bist Du schon längst gestorben.
Du lebst aber noch,
Du atmest doch,
jetzt, und so Gott will auch morgen …

Nach und nach wurde mir klar, wie wichtig die Verbundenheit von Hirnverletzten untereinander und die Solidarität der Öffentlichkeit mit ihnen und allen mit ihnen Betroffenen ist. Aus dieser Einsicht wurde im Juni 1990 eine Vereinigung gegründet, die sich zum Ziel setzt, den Angehörigen zu mehr Unterstützung und Verständnis und den Hirnverletzten zu besseren Chancen der Integration zu verhelfen.

Wenig verstanden und dabei besonders schlimm sind Funktionseinbussen, die nicht ohne weiteres erkennbar sind. Oft führen sie zu Verhaltensweisen, die für die Umwelt kaum verständlich sind. Erhebliche Hirnverletzungen bedeuten einen brutalen Eingriff in das Leben eines Menschen. Es zeigen sich Folgen, vor denen die Mitmenschen fassungslos stehen, Ausbrüche eines unkontrollierbaren Urhasses gegen die Blindheit des Schicksals und gegen die ganze Welt. Dadurch wird die Neuorientierung von hirnverletzten Menschen erschwert. Angehörige müssen lernen, mit dem schlimmen Geschehen umzugehen. Sie brauchen Rat und Beistand. Auch die berufliche Neuorientierung scheitert oft an der Hilflosigkeit der Gesunden, an der Unkenntnis von Möglichkeiten, mit solchen Problemen zurechtzukommen.

Die «FRAGILE Suisse», Schweizerische Vereinigung für hirnverletzte Menschen, will sich dieser Probleme annehmen, durch Öffentlichkeitsarbeit Verständnis aufbauen und über die Bildung von Selbsthilfegruppen Hilfe bieten. Gerne würde ich da mitarbeiten.

Die Vergangenheit ist das einzige Arsenal,
wo wir das Rüstzeug finden,
unsere Zukunft zu gestalten.
Wir erinnern uns nicht ohne Grund.

Jugenderinnerungen

Ich kaufe mir im Warenhaus ein billiges Mountainbike und beginne das Fahren neu einzuüben. Radfahren ist für mich mit vielen schönen Jugenderinnerungen verknüpft. Erst kurve ich mit Helm schwankend dem Radweg entlang, doch bald kehren alte Fertigkeiten zurück. An einem sonnigen Tag entschliesse ich mich, wie in alten Zeiten mit dem Rad meine neue Umgebung zu erkunden. Ich fahre in Richtung Eisstadion, komme bei der Kantonsschule vorbei und erinnere mich lächelnd an eine Aufführung von «Hänsel und Gretel», die ich als Kind in der Aula erlebt habe. Vor meinem inneren Auge sehe ich die Zeit meiner Kindheit und Jugend. Ich steige vom Rad und träume.
Ich bin ein Zwilling, mein Bruder und ich glichen uns wie ein Ei dem andern; ein zweiter Bruder war fast auf den Tag ein Jahr älter. Ich bin in einem Dorf an einem idyllischen See im Zürcher Oberland geboren, in einer bäuerlichen Gemeinde, in der es gewerbliche Kleinbetriebe und eine grosse Fabrik gab.
Mein Vater war Verkaufsleiter bei einer Firma für Schwimmbadzubehör. Wir lebten in bescheidenen Verhältnissen in einer Wohnung mit drei Zimmern. Sie lag in einem hohen alten Wohnblock mit Lift. Natürlich durften wir Kinder den Lift nicht allein benützen. Eines Tages, wir waren etwa vier Jahre alt, schickte uns Mutter vor das Haus. Wir sollten den leeren Mülleimer holen. Mein Zwillingsbruder und ich gingen zu Fuss hinunter, nahmen den Eimer und stiegen damit in den Lift. Wir waren noch

zu klein, um an die Knöpfe zu gelangen. Deshalb kletterte einer von uns auf den Eimer und drückte den richtigen Knopf. Der Lift fuhr an, blieb aber nach wenigen Metern stehen. Nun packte uns panische Angst. Wir begannen zu schreien, schlugen mit den Schuhen an die Tür und riefen verzweifelt nach der Mutter. Sie kam bald und beruhigte uns. Dann wies sie uns an, den untersten Knopf zu drücken. Jetzt fuhr der Lift nach unten. Rasch stiessen wir die Türe auf und rannten hinaus. Als die Türe nun zufiel, standen wir im dunkeln Keller. Wieder packte uns der Schreck, wieder begannen wir laut zu weinen. Ohne Eimer rannten wir ins Erdgeschoss, wo Mutter uns erwartete. Das war unser erster, aber nicht unser letzter gemeinsamer Streich.

Unsere Wohnung kostete damals dreihundertachtzig Franken im Monat und mein Vater verdiente achthundertfünfzig Franken. Obschon sich meine Eltern sehr einschränken mussten, hatten wir eine herrliche Jugend. Wir konnten uns frei entfalten und lebten in der Geborgenheit unserer Familie.

Der Schulweg führte an einer dichten, hohen Tujahecke vorbei, an der im Winter zahllose Eiszapfen hingen. Wir nannten sie Eiszäpfchenhecke. Das Haus hinter dieser abweisenden Einhegung schien voller Geheimnisse. Eine uralte Frau wohnte darin. Wir hielten sie für eine Hexe und versuchten doch, einen Blick von ihr zu erhaschen, bereit, beim ersten Anzeichen ihres Erscheinens wegzulaufen. Diese und ähnliche Abenteuer liessen uns selten pünktlich nach Hause zurückkehren. Unsere Mutter wurde nicht müde, freundlich zu mahnen, während Vater uns ziemlich unwirsch zurechtwies.

Zur Weihnachtszeit machten wir im Kindergarten ein Geschenk für die Eltern. Wir durften eine kleine Büchse bemalen, sie mit Schaumgummi ausstopfen und daraus ein Nadelkissen für Mutter basteln. An diesem Tag hatte ich irgend etwas angestellt und musste ins Schandecklein. Da war die Weihnachtsfreude für mich getrübt, hatte ich doch kein Geschenk für Mutter.

Mein Vater kam als Schulpfleger manchmal zu Schulbesuchen ins Schulhaus, was uns mit Stolz erfüllte. Mein Grossvater war als Gemeinderat und Polizeivorstand eine Respektsperson. Das hinderte uns nicht, im Pfaffbergwald «Räuber und Polizei» zu spielen und mit unseren bemalten Schildern und Holzschwertern Kämpfe auszutragen. Als Geschosse dienten uns Tannenzapfen. Traf ein Tannenzapfen, so war der Getroffene ausgeschaltet. Einmal zielte ich aus nächster Nähe auf einen Schulfreund und traf ihn so unglücklich, dass er eine Augenverletzung erlitt. Danach sass er lange mit verbundenem Auge in meiner Klasse. Ich war sehr erleichtert, als die Verletzung endlich ohne böse Folgen heilte.

In diesen Jahren kam mein Vater beruflich voran. Er erwarb an einer Abendhandelsschule ein kaufmännisches Diplom und fand eine Stelle bei einer ortsansässigen Bank. Dort arbeitete er sich langsam empor. Nun konnte er am Rande des Dorfes in ländlicher Umgebung ein Haus für uns bauen.

Inzwischen war ich dreizehn Jahre alt geworden. Wir fuhren jetzt in einer Gruppe von zehn Jungen und Mädchen mit dem Rad zur Schule, auch mein erster Schulschatz war dabei. Sie hiess Priska, war blond und wagte – im Gegensatz zu anderen – in der Schule aufzumucken. Das imponierte mir. Auf dem Weg unterhielten wir uns mit «Absteigerlen», einem Spiel, bei dem jeder die anderen möglichst wirkungsvoll so sehr zu behindern suchte, dass sie gezwungen waren, vom Rad zu steigen, während man sich selber weiter im Sattel hielt. Verbogene Pedale und Lenker, schiefe Räder und kaputte Speichen waren die unvermeidlichen Folgen. Selbst die mühseligen Reparaturarbeiten konnten uns von diesem Spiel nicht abhalten.

Wie viele Jugendliche wusste ich in der Schule noch nicht, welchen Beruf ich wählen sollte. Nach einer Schnupperlehre auf einer Gemeindeverwaltung entschloss ich mich zu einer dreijährigen kaufmännischen Verwaltungslehre.

Mein Chef, der Gemeinderatsschreiber, ein kleiner Mann, war Hauptmann in der Schweizer Armee. In seiner Uniform sah er für mich wie der Gendarm von St. Tropez im gleichnamigen Film von Louis de Funès aus. Seine Tochter war mit mir im gleichen Lehrjahr. Er nahm sich viel Zeit für ihre Ausbildung, und ich konnte davon profitieren. Holte er abends seine Tochter in der Berufsschule ab, durfte ich mitfahren. Einmal fuhren wir an eine Kreuzung. Plötzlich erklärte er erhobenen Hauptes: «Jetzt kommt der Gemeinderatsschreiber von P., und die anderen haben zu warten.» Sprach's und fuhr kurzerhand in die Kreuzung, ohne auf den Verkehr zu achten. Ich musste heimlich lachen. Später erfuhr ich, dass ihm ein Stänkerer zwanzig Jahre lang mit rechtlichen Einsprachen das Leben schwer gemacht hatte. Durch diese Querelen völlig verbraucht, liess er sich vorzeitig pensionieren.

Ich ahnte nichts vom Schicksal, das auf mich wartete. Wohl litt ich hin und wieder an heftigen Kopfschmerzen. Dann musste ich mich ins verdunkelte Zimmer legen und schlafen. Nach einigen Stunden verschwanden die Schmerzen. Niemand schenkte diesen Anfällen besondere Beachtung. Das Kopfweh kam und ging, und weder meine Schulleistungen noch mein sportlicher Einsatz litten darunter.

Sport war in meinem Leben wichtig. Zusammen mit meinem Zwillingsbruder machte ich in unserem Fussballclub Karriere. Wir spielten auch Squash und liefen im Winter häufig Ski.

Nach der Lehre verliess ich als erster das Elternhaus. Während dreier Jahre arbeitete ich in einer Zürcher Gemeinde mit 7 000 Einwohnern, führte nach und nach selbständig Arbeitsamt, Einwohnerkontrolle und Militärsektion. Ich war Ortsquartiermeister, betreute die Zweigstelle der Sozialversicherungen, die Zivilschutzstelle und das Polizeiwesen. Zusammen mit dem Gemeinderatsschreiber erarbeitete ich ein neues Konzept für die Gemeindeverwaltung. In der Folge wurde ich Vormundschaftssekretär und Stellvertreter des Gemeinderatsschreibers. Gleichzeitig begann ich mit zweiundzwanzig Jahren die dreijährige Ausbildung zum Gemeinderatsschreiber. Stets hatte ich die Nase vorn. Auch in den Kursen, die an der Universität Zürich stattfanden, war ich weitaus der jüngste Teilnehmer. Kurz vor meinem fünfundzwanzigsten Geburtstag – zu meinem Diplom fehlten noch vier Monate – fand meine Karriere ein jähes Ende.

Ich bin aus meinen Tagträumen erwacht. Noch immer stehe ich mit meinem Rad, Helm auf dem Kopf, vor der Kantonsschule, die Aula im Blick. Dort war seinerzeit die Feier der Diplomanden der kaufmännischen Berufsschule. Wir drei Brüder holten gleichzeitig unsere Fähigkeitszeugnisse ab. Wie gewohnt witzelte ich mit meinem Zwillingsbruder: «Stelle dir mal das Gesicht von jenem dort vor, wenn er drinnen das begehrte Diplom nicht vorfände, weil er nicht bestanden hat!» und wir krümmten uns vor Lachen. Als wir an die Reihe kamen, ging ich als erster hinein, obschon der Name Daniel dem meines Bruders Bruno im Alphabet folgt. Wir wussten, dass die Leute uns nicht unterscheiden konnten und hatten unseren Spass daran. Ich erhielt mein Diplom und entfernte mich, während Bruno sein Diplom holte. Kurz darauf fand ich ihn kreidebleich vor der Aula umherirren. Er eilte auf mich zu: «Du, die sagen, für Bruno Bucher sei kein Diplom da.» Welcher Schreck. Hatte er etwa nicht bestanden? Dann fügte er hinzu: «Nur für dich war ein Diplom da. Das haben sie mir gleich mitgegeben.» Einen Augenblick standen wir benommen da. War etwa das eingetroffen, worüber wir kurz zuvor gelacht hatten? Bruno fluchte vor sich hin und war sehr enttäuscht. Da erinnerte ich mich an das Diplom, das ich erhalten hatte und sagte: «Dann nimmst Du eben dieses», und ich gab ihm das Diplom. Erst jetzt merkten wir, dass die Diplome vertauscht waren. Da kam wieder Farbe in Brunos Gesicht.

Vor mich hinlächelnd besteige ich wieder mein Rad und fahre in Schlangenlinie an einem Bach vorbei. Dieser Weg führt zum Eisstadion, wo wir früher Eishockey spielten oder die Taten unserer Lokalmatadoren bejubelten. Die Mannschaft von W. hatte damals ein erstaunliches Niveau und spielte mit zwei Kanadiern in der Nationalliga B. Das kleine Stadion war bei solchen Spielen zum Bersten voll, und in der Luft lag der Duft gerösteter Maronen. Noch kann ich diesen Geruch in der Nase spüren. Als weiterer Anziehungspunkt befand sich auf der anderen Seite des Stadions die Minigolfanlage. Ich fahre daran vorbei zur Hauptstrasse und komme zu einer Wiese, wo jedes Jahr im August ein Jahrmarkt stattfindet, an dem wir nie fehlen durften. In meinen Gedanken flimmern Karusselle und Geisterbahnen, knallt es aus Schiessbuden, schwillt und ebbt das Stimmengewirr der langen Warteschlangen vor den Bratwurstständen.

Einmal hatte ich mich mit Kollegen verabredet. Unmittelbar vorher war mir beim Fussballspiel einer auf den Fuss getreten. Ein schlimmer Schmerz stach in meinem Zeh, aber ohne mich sollte der Jahrmarkt nicht stattfinden. So humpelte ich denn durch die Budenstadt, während Kollegen und Kolleginnen über meinen tolpatschigen Gang spöttelten. Auf der Heimfahrt musste ich quer über den Knien von vier Kameraden auf der Rückbank liegen. Da kam einer auf die Idee, mit meinem Zeh zu spielen. «Du spinnst ja!» rief ich aus, «hör sofort auf!» «Ach was, du ziehst bloss eine Schau ab, du Simulant!» gab er zurück. Am nächsten Tag stellte der Arzt fest, dass der Zeh des rechten Fusses mehrmals gebrochen war. Er klebte die Zehe mit Heftpflaster an die anderen Zehen. Nach sechs Wochen waren die Brüche geheilt. An den Jahrmarkt bin ich trotzdem wieder gegangen.

Inzwischen beginnen sich meine Muskeln zu verkrampfen. Ich mache mich auf den Heimweg. «Habe ich mir zuviel zugemutet?» Wie ich mich dem Haus nähere, weht mir vom fernen See her ein Duft von Badeanstalt entgegen. Er erinnert mich an viele Episödchen beim Baden, Bootfahren, Angeln oder beim winterlichen «Schlittschuhschwimmen» im eingebrochenen Eis. Ich fahre noch bei der einstigen Wohnung meiner damaligen Freundin vorbei: Vorratskammer, Seidenbettwäsche, Kuscheltiere und, und, und... Das waren noch Zeiten. Die Fahrt hat mich sehr ermüdet. Ich stelle das Rad in die Garage und habe nur noch einen Wunsch: ein heisses Bad.

Alle Fehler die man macht,
sind eher zu verzeihen als die Mittel,
die man anwendet,
um sie zu verbergen.

François de la Rochefoucauld

Alltag

Mein älterer Bruder Roger ist Kaufmann. In der Zeit meiner Erkrankung und Rehabilitation hatte er für eine grössere Firma erfolgreich ein Büro für Personalberatung aufgebaut. Er wollte sich
dann an diesem Geschäft beteiligen. Sein Chef erklärte sich einverstanden. Roger wandte sich für die Finanzierung seines Ein-
stiegs an die Eltern. Zugleich bat er sie, ja alles zu unterlassen,
was als Misstrauen und mangelnde Kollegialität erscheinen könnte. Die Eltern belehnten ihr Haus, um Roger zum notwendigen
Kapital für eine Beteiligung zu verhelfen, ohne zuvor Bank-
garantien, Auskünfte über Betreibungen und Bilanzen einzufor-
dern. Er schoss auf mündliche Absprachen hin das Geld über
seine Bank in die Firma ein. Kaum war das Geld eingezahlt, wurde ihm gekündigt. Roger hatte von der Güte seines Betriebs-
zweigs auf die ganze Firma geschlossen. Zu spät erfuhr er, dass
sein Chef mit Firmengelder im Immobiliengeschäft spekuliert hatte und vor dem Konkurs stand. Bis heute blieb Rogers Geld nicht
greifbar. Besonders bitter war die Information, der konkursite
Chef führe als stiller Partner im Fürstentum Liechtenstein seine
Immobiliengeschäfte weiter und geniesse dort ein komfortables
und geruhsames Leben.
Nach diesem Fiasko entschloss sich mein Bruder im Spätherbst
1990, eine eigene Firma zu gründen, denn nur so würde er den
Eltern das geliehene Geld zurückzahlen können. Ein Kollege
überliess ihm in der Nähe meiner neuen Wohnung einen Büro-

raum mit Computer zur Benützung. So konnte Roger mit geringen Kosten Kontakte sichern und ausbauen, und andere erste Aufbauarbeiten an die Hand nehmen. Jeden Abend sass er in jenem Büro und formulierte seine Gedanken auf dem PC.

Bald begann er Einrichtungsgegenstände zu kaufen, die er auf mein Anerbieten in meinen Keller lagern konnte, wo sich nun Lampen, Stühle und kleinere Tische seiner künftigen Büroeinrichtung stapelten. Er ging jetzt regelmässig bei mir ein und aus, und wir sprachen öfters miteinander. Er war erfüllt von seinen Plänen. Roger ist ein Mensch, der Erfahrungen, Vorkehrungen und Handlungen gerne sorgfältig überdenkt und gründlich bespricht. Wenn er bei mir vorbeikam, berichtete er von seiner Arbeit. Ich verstand genug von der Sache, um in der Diskussion mithalten zu können. Bald brachte er regelmässig sein Manuskript mit und wir besprachen es. Meine Rolle als Gesprächspartner tat mir gut. Fortan beschäftigte ich mich täglich mit seinem Projekt, getragen vom Wunsch, für die Zukunft – seine Zukunft und vielleicht auch die meine – zu arbeiten. Es war für mich eine schöne Zeit. Ich hatte das Gefühl, gebraucht zu werden. Mir schien, ich könnte meinem Bruder nützliche Anregungen bieten und echt am Aufbau seiner Firma teilhaben.

Schon nach einem Monat mietete Roger in meiner Nähe eine Wohnung für sein Geschäft. Von den zwei grossen, hellen Räumen wurde einer für die Sekretärin eingerichtet. Sie vermittelte selbständig kaufmännisches Personal. Im zweiten Raum hatte mein Bruder sein Büro. Er vermittelte Kaderpersonal im kaufmännischen Bereich und technisches Personal. Zwischen der Küche und Rogers Büro wurde in der ursprünglichen Essnische mit Besprechungstischen und Bistrostühlen ein Warteraum eingerichtet. Zwischen den beiden Büros lag ein kleines Zimmer mit einem zweiflügligen Fenster. Hier standen Kopierer, Nadeldrucker, der Automat zum Binden der Dossier und ein geräumiger Schrank mit Büromaterial. In diesem Raum wurde die Post abgefertigt und Material angeliefert.

Es war für mich selbstverständlich, dass unsere bisherige Partnerschaft eine Fortsetzung finden würde. So ging ich regelmässig vorbei und nahm an allem Anteil. Nach zwei Monaten kaufte ich einen PC. Ich brachte ihn in Rogers Geschäft und installierte ihn im Maschinenraum, der nun als Zusatzbüro diente. Dort erarbeitete ich mir mit Hilfe des Handbuches erste Kenntnisse im Umgang mit dem PC. Ziel war, für die Firma die Buchhaltung zu führen. Zwar war Buchhaltung in der Schule seinerzeit mit Abstand mein schwächstes Fach gewesen. Doch ich kämpfte mich entschlossen durch alle Anfangsschwierigkeiten, denn ich glaubte, mit Einsatz und gutem Willen wieder jenen ansprechenden Platz in der Arbeitswelt finden zu können, der mir auf unfassbare Weise geraubt worden war.

Bald kaufte die Firma einen Computer für mich und Roger erwarb ein Buchhaltungsprogramm. Leider liess er sich dabei zu sehr durch den Preis leiten und achtete zuwenig auf Benutzerfreundlichkeit. Für mich bedeutete das einen schlechten Start. Noch immer traten bei Zahlen Doppelbilder auf, und machte mir der Gesichtsfeldausfall zu schaffen. Nachts schwirrten im Traum die Zahlen wie boshafte Geister vor meinen Augen. Zugeben, dass ich überfordert war, konnte ich jedoch nicht.

Mit der Zeit gelang es mir, an meinem Computer die Buchhaltung soweit zu führen, dass der Treuhänder am Jahresende den Abschluss machen konnte. Zusätzlich wurden nach einiger Zeit das Fakturawesen, sowie Verträge für temporäre Einsätze und Arbeitsverträge durch mich selbständig erledigt. Aus dem Wunsch, mich zu bewähren, weitete ich voller Zukunftshoffnung aus eigener Initative meinen Arbeitseinsatz immer mehr aus. Ich suchte Kunden über Chiffre-Inserate. Solche Stellensuchende sprach ich mit gutem Erfolg durch einen individuell formulierten Brief an. Bald lag jeden Morgen ein Bündel Inserate zur Bearbeitung auf meinem Pult.

Die Krankheit hatte ihre Spuren hinterlassen. Ich war noch nicht voll da, Zusammenhänge schienen mir nicht immer logisch. Die starke Ermüdbarkeit bedrückte mich. Ich hatte Mühe, die Aufmerksamkeit stetig bei der Sache zu halten und längere Zeit an der Arbeit zu bleiben. Hier kam mir mein Bruder entgegen. Wenn ich müde war, konnte ich nach Hause gehen. Nach und nach hielt die Müdigkeit sich in Grenzen und ergaben sich für mich wieder geordnete Arbeitsabläufe. Zuletzt gelang es mir, einen normalen Rhythmus zu finden und mit einem Pensum von fünfundzwanzig Stunden pro Woche tätig zu sein.

Trotz Restlähmungen in Arm und Bein, trotz Koordinationsproblemen hielt ich an meiner Vorwärtsstrategie fest: geistig nicht verarmen, trainieren und immer die Freude am Aufbau im Auge behalten. Eifrig suchte ich neuen Aufgaben gerecht zu werden. Nur selten in meinem Leben hatte ich soviel Freude beim Arbeiten verspürt wie beim Aufbau von Rogers Personalberatung. Es schien, als hätte ich den Anknüpfungspunkt zu meinem früheren Leben gefunden. Mein alter Leistungswille erwachte und trug mich. Endlich hatte ich wieder eine Aufgabe. Es bereitete mir Freude, an die eigenen Leistungsgrenzen zu kommen und meine Schwierigkeiten zu überwinden. Dabei war für mich wichtig, dass mein Bruder mich auf eine echte und einfache Weise akzeptierte. Er schien zu hören, was ich sagte, nicht, wie ich sprach. Ich glaubte, meine Ideen in der Ausführung wieder zu erkennen. Die Firma entwickelte sich hervorragend und ich schrieb meiner Mitarbeit Anteil am Erfolg zu. Der Gedanke, etwas Nützliches zu tun, beflügelte mich.

Anfangs Juli 1991 war ich fest als Praktikant im Betrieb eingebunden. Mein Bruder liess mir viel Freiheit. Ich kam jeweils zwischen zehn und halb elf Uhr ins Geschäft und ging sogleich in Rogers Büro. Er berichtete über seine Arbeit, über wichtige Ereignisse und seine Pläne. An allem nahm ich regen Anteil. Er sprach offensichtlich gern mit mir. Das tat mir gut. Nach dem morgendlichen Gespräch ging ich in mein Büro. Bis zum Abend sah ich meinen Bruder dann kaum noch.

Als alles seinen Trott gefunden hatte, wurde ich unzufrieden. Ich war früher nicht Befehlsempfänger gewesen. Roger vergass, dass ich gewohnt war, für Arbeit angemessen bezahlt zu werden. Zwar hatte mein Bruder mir schon bald aus seinen eigenen Bezügen eine Vergütung für Spesen und Umtriebe von dreihundert Franken monatlich ausgerichtet. Das schien mir für meine Leistung aber zu wenig. Deswegen hatte ich bei ihm immer wieder angeklopft und immer wieder hören müssen: «Du hast einen Lohn. Schliesslich hast Du die Rente und Deine Pension. Weshalb soll ich Dir da noch etwas bezahlen?»

Ich wusste nicht, dass meine Eltern ihn wiederholt ermahnt hatten, die durch die Renten gegebene materielle Sicherheit nicht durch vorschnelle Entscheide zu gefährden. Auch heute noch finde ich, er hätte mir wenigstens einmal etwas schenken können, etwa die gemeinsamen Ferien in Mauritius. Zwar war mein Bruder bereit, mich mitzunehmen, aber nicht, mich einzuladen. Als ich das anregte, wurde er rot vor Zorn und erklärte: «Von Dir kommen nur Forderungen!»

Ich litt an einem Mangel an Verständnis und Ermutigung. Da war etwa das Lärmproblem. Mein Computer stand im Maschinenraum. Das war für mich eine schlechte Lösung. In der Gemeindeverwaltung besass ich zwar auch nur ein kleines Büro, aber es war weder Lager, noch Maschinen- und Abstellraum. Schon damals vertrug ich schlecht, wenn jemand plötzlich in mein Büro trat, denn ich vertiefte mich sehr in meine Arbeit. Deshalb hatte ich darauf bestanden, dass bei mir angeklopft wurde. Jetzt sass ich in einem Taubenschlag. Bruder und Sekretärin konnten von ihrem Büro aus den Drucker ansteuern, der im Laufe des Tages bis zu dreissigmal unverhofft zu rattern begann. Meist waren es Dokumente von vier und mehr Seiten. Nach einigen Minuten kam dann jemand, die ausgedruckten Unterlagen holen.

Da sass ich also, blätterte im Bedienungshandbuch und versuchte mich trotz Lärm und Unruhe mit dem PC zurechtzufinden. Roger hatte selten wirklich Zeit, mich anzuleiten oder meine Fragen zu beantworten. Wäre da nicht ein Freund gewesen, der Programmierer und Analytiker war, ich hätte verzweifeln müssen.

Mit der Zeit zeigte mein Bruder eine wachsende Neigung zur Nörgelei. Ich war einfach da und brauchte nichts. Für die Lärmprobleme hatte niemand Verständnis.

Als ich mich beklagte, wurde Roger wütend und sagte: «Das ist halt so und lässt sich nicht ändern, meine Vermittlerin und ich haben repräsentative Funktionen und Du nicht.»

Damit gab ich mich nicht zufrieden und suchte selber nach einer Lösung. «Könnte man nicht den Warteraum in ein abgeschlossenes Büro umwandeln?»

«Du spinnst ja!» erwiderte Roger. «Ein gediegener Warteraum ist wichtig für uns. Wenn Leute kommen, können sie da einige

Minuten warten und einen Kaffee trinken. Das baut das Image auf.»

So nimm wenigstens den grossen Kopierer, der soviel Hitze ausstrahlt, in den Korridor.»

«Kommt nicht in Frage, dann können Kunden ja fremde Unterlagen lesen.»

Vielleicht hätte sich in der Küche für den Maschinenpark eine bessere Lösung finden lassen. Das haben wir nicht mehr diskutiert. Zu sehr hatte unsere Beziehung inzwischen gelitten. Mir schien, Roger erwarte von mir viel Anerkennung dafür, dass er mich so selbstverständlich in sein Unternehmen eingebunden hatte, ich aber fühlte mich in eine Ecke geschoben.

Erst viel später wurde mir klar, dass wohl eine Störung der Sprachmelodie in der Verschlechterung der Beziehung zwischen meinem Bruder und mir eine unheilvolle Rolle gespielt hatte. Ich hatte mir nämlich angewöhnt, die Stimme am Ende jedes Satzes anzuheben, so, als gäbe es lauter Fragen. Offenbar hat Bi eines Tages erkannt, dass hier eine Quelle von Konflikten lag. Sie erklärte mir, dass bestimmte Betonungen bestimmte Gefühle zum Ausdruck brachten und ein falscher Gebrauch Missverständnisse heraufbeschwören konnte. Dann sprach sie mir einige Sätze in meiner Betonung nach. Entsetzt erkannte ich, dass mein Anheben der Stimme am unpassenden Ort als unzufriedenes Motzen und Aufbegehren wirkte. Nach dieser Lektion stieg ich völlig geschockt in mein Auto. Gesunde können sich wohl kaum vorstellen, welche schwere soziale Behinderung eine Störung bedeutet, von der jene Nuancen der Sprache betroffen sind, die Gefühle ausdrücken.

Auf der Heimfahrt sprach ich unentwegt mit mir und befahl mir selber: «Am Ende des Satzes senkst du fortan deine Stimme!»

Zu Hause begann ich mich mit dem Diktiergerät zu kontrollieren. So bin ich schlagartig eine schlimme Fehlleistung losgeworden.

Ich wurde nie kontrolliert. Und doch wäre für mich richtige Kontrolle wichtig gewesen. Sie hätte mir gezeigt, dass mein Bruder an meiner Arbeit Anteil nahm, ihr Bedeutung beimass und sie aktiv unterstützte. Mein Bruder schien mich aber erst bei

Pannen zu bemerken. Vielleicht war er zu sehr in seinen Problemen vergraben und konnte deshalb meine Bedürfnisse nicht richtig wahrnehmen.

So kam es, dass ich mich zunehmend als drittklassiger Zulieferer fühlte. Anfangs schwieg ich und gab mir noch mehr Mühe, indem ich etwa Roger laufend mit Unterlagen zu wichtigen Trends und Finanzsituationen dokumentierte. Doch je mehr ich ihm gab, desto weniger schien er das zu beachten, was er erhielt.

Wenn ich Rückschau halte, wird mir klar, dass es bei all diesen Querelen ausschliesslich um Zeichen der Anerkennung ging, und dieser vermochte er zu wenig Ausdruck zu geben. Leider werden eben bei ungelösten Konflikten Marken gesammelt und bleiben gehortet. Eines Tages, wenn sich eine günstige Gelegenheit bietet, kommen die Marken auf den Tisch und werden eingelöst.

Dann kommen Dinge zum Vorschein, die man nicht aufbewahren müsste und es heisst dann: «Nach all dem, was ich für Dich getan habe.»

Eines Tages ging mir auf, dass mein Bruder in mir zwar den geduldigen Zuhörer echt gebraucht und geschätzt hatte und sein Gefühl brüderlicher Verbundenheit von Herzen kam, dass ich im übrigen aber bei ihm in eine starre Schemavorstellung von Hirngeschädigtem gefallen war.

Bi sagt: «Wir sollten versuchen, jedem seine Wahrheit zu lassen.» Ich denke, es wäre gut, wenn wir das könnten.

In meinem Zustand der Unzufriedenheit hatte ich für den Schwiegervater meines Zwillingsbruders ein offenes Ohr, als er mir vorschlug, eine neue Tätigkeit aufzunehmen. Er amtete als Verwaltungsrat bei einer von zwei Autogaragen, die beide demselben Hauptaktionär gehörten. Bislang war er weder mit aussagekräftigen Unterlagen dokumentiert worden, noch hatte er aktuelle Bilanzen oder eine Erfolgsrechnung gesehen. Noch vor Weihnachten hatte mein Bruder Bruno und sein Schwiegervater mit J.S., dem Inhaber der beiden Garagen, eine Unterredung vereinbart. Ich ahnte davon nichts, bis mich Bruno eines Tages anrief.

Es war Sonntag und ich sass im Büro. «Du hast doch gesagt, bei Roger gefalle es Dir nicht mehr. Jetzt hätte mein Schwiegervater etwas Neues für Dich. Wir müssen zusammensitzen.»

Erst wehrte ich ab: «Ich bin hier an der Arbeit und habe keine Zeit.»

Ich wusste, dass ich am Montag inmitten hektischer Betriebsamkeit die unerledigten Geschäfte auf meinem Tisch nur mit Mühe erledigen konnte.

Bruno jedoch drängte: «Wir können nicht warten, es ist dringend!»

«Gut», meinte ich, «dann kommt eben gleich hier bei mir vorbei.»

Kurz darauf erschienen die beiden in Begleitung eines kleinen, zerzausten, jungen Mannes in Jeans und Pullover.

«Wie ein Geschäftsinhaber sieht der nicht aus», dachte ich insgeheim.

Brunos kleine Tochter war mitgekommen. Während wir Kaffee tranken rief sie unentwegt: «Kaffee, Kaffee!»

Brunos Schwiegervater führte die Diskussion, während J.S. merkwürdig schweigsam blieb: «Der kaufmännische Teil der Betriebe muss dringend reorganisiert werden, nur erlaubt die finanzielle Lage nicht, einen qualifizierten kaufmännischen Leiter anzustellen», erläuterte er.

Dazu bemerkte ich: «Vorerst bin ich nicht auf Lohn angewiesen. Im Mai wird allerdings meine Taggeldversicherung auslaufen (damals bezog ich noch Taggelder einer privaten Versicherung).»

Jetzt meldete sich J.S. zu Wort. «Kein Problem», sagte er, «ab Mai übernehme ich Dein Taggeld.»

Gerne hätte ich etwas mehr über die Firma erfahren und fragte: «Wo sind die Buchhaltungsunterlagen des abgelaufenen Jahres? Wo die Quartalsabschlüsse?»

«Die Unterlagen sind alle beim Treuhänder; die Abschlüsse können demnächst eingesehen werden», lautete die Antwort.

«Und wie steht es mit der Bilanz und der Erfolgsrechnung des vorangegangenen Jahres?» fragte ich weiter.

«Die sind auch beim Treuhänder», antwortete J.S., «alles verzögert sich, wenn kein qualifizierter Kaufmann im Betrieb ist. Wir wären sehr froh um deine Hilfe.»

«Nun», dachte ich bei mir, «Brunos Schwiegervater hat selber einen Betrieb und in dieser Firma ist er Verwaltungsrat, es wird wohl alles seine Richtigkeit haben.»

Meine Unzufriedenheit liess die Aussicht auf eine neue Aufgabe verlockend erscheinen. Gerade der Gedanke, hier sei durch meinen Einsatz etwas zu bessern und zu retten, zog mich an, denn ich sah für mich darin einen Weg in die Zukunft. Trotzdem verlangte ich Bedenkzeit.

Einige Tage später rief mich Bruno an und bat mich, bei ihm vorbeizukommen. Er stand in Begriff, mit seiner Familie für einige Zeit nach London zu übersiedeln. Seine Wohnung war schon geräumt, und er war mit kleinen Reparaturen beschäftigt. Während er Löcher in der Wand kittete, suchte er mir den Vorschlag seines Schwiegervaters schmackhaft zu machen: «Da hättest du endlich wieder eine Aufgabe, bei der Du deine Fähigkeiten entfalten könntest.»

Es dauerte danach nicht lange, bis mich Brunos Schwiegervater anrief: «Ich bin mitten in einer Verwaltungsratssitzung und brauche jetzt dringend Deinen Entscheid. Willst Du Dich um die Garagen kümmern?»

Da gab ich seinem Drängen nach und willigte ein. Tags darauf ging ich zu meinem Bruder Roger und teilte ihm meinen Entschluss mit. Im Gesicht meines Bruders machte sich Enttäuschung breit, dann kamen ihm Gefühle hoch: «Habe ich nicht alles mir Mögliche unternommen, um Dich am Arbeitsplatz zufriedenzustellen?»

Zu spät erwachte sein Interesse an mir. Man kann nicht immer mit der fehlenden Zeit argumentieren. Ich weiss, wovon ich spreche: man muss nicht zuerst erleben, Zeit im Überfluss zu haben, um sich über vieles Gedanken zu machen. Ich sah, dass der Ausfall meiner Arbeitsleistung für meinen Bruder ein Verlust war. Er war auf mich, und nicht nur ich auf ihn angewiesen. Das war ein tolles Gefühl.

Er verlangte, dass ich die Buchhaltung des Jahres 1991 noch abschliesse. Dabei sah er mir zu, um den Ablauf kennenzulernen. Das störte mich nicht sehr, die Freude über die neue Aufgabe war grösser als jeder Widerwille gegen die alte Arbeit.

Ende Dezember 1991 zeigte mir J.S. den Betrieb. Als ich in der Werkstatt stand, ergriff mich erste Ernüchterung und ich dachte: «Du meine Güte, was ist das für ein uralter, verlotterter Betrieb und was für eine unsagbare Sauordnung. Wahrhaftig, so etwas ist mir nie zuvor unter die Augen gekommen.»

Die Würfel waren jedoch gefallen. So dachte ich bei mir: «Wer A sagt, muss auch B sagen.»

Alles sollte ja bald sehr viel besser werden.

Willst du dich selber erkennen,
so sieh, wie die andern es treiben.
Willst du die andern verstehen,
blick in dein eigenes Herz.

Friedrich Schiller

Rückblick auf einen Arbeitsversuch

Daniel war vom Verlauf seiner Tätigkeit bei seinem Bruder Roger enttäuscht. Sein guter Wille, seine hoffnungsvollen Erwartungen, seine Gefühle der Solidarität hatten sich in Ernüchterung, heftige Kritik und Groll verwandelt. Doch Bi sagte ihm immer wieder, man könne die Wahrheit so einfach nicht erkennen. Man sollte sich deshalb stets bemühen, die Dinge auch durch die Augen des anderen zu sehen. Das müsste doch ganz besonders bei einem Streit zwischen Brüdern gelten. Nach diesen Gesprächen war Daniel bereit, Roger Raum für seine Darstellung der Ereignisse zu geben. Doch Roger wehrte ab. Er hätte nicht die Zeit, einen Bericht zu schreiben, er sei aber bereit, mit Bi ein Gespräch zu führen. Die beiden vereinbarten einen Termin in Rogers Büro.

Bi fuhr an einem trüben Spätnachmittag vom Zentrum W. auf der belebten Hauptstrasse zum Rande einer Industriezone, wo sich in einem Gebäudekomplex Rogers Geschäftsräumlichkeiten befanden. Die ausgedehnten Parkflächen vor dem langgezogenen Gebäude waren nahezu unbelegt und menschenleer. Aus dieser Umgebung kam ihr jener Hauch von leerer Nüchternheit entgegen, der uns nach Feierabend in Geschäftsvierteln anweht. An der Fassade entdeckte Bi eine Tafel: «bucher personal». Farben und Form der Umrahmung erinnerten sie an das Signet einer Grossbank. Gedankenverloren blieb ihr Blick einige Augenblicke daran hängen. Sie fand, Roger hätte den Standort und die Präsentation der Firma geschickt und mit Umsicht gewählt.

Dann stieg Bi aus, schloss den Wagen und ging über die weiten Asphaltflächen zum Haus. Rogers Geschäft befand sich im ersten Stock des Gebäudes. Sie läutete und trat ein. Sogleich kam ihr Roger entgegen und führte sie durch die Räume. Der Kontrast zwischen dem warmen Beige der Teppichböden und dem dunkel lasierten Holz des Büromobiliars gefiel ihr. Lautlos bewegte sie sich durch den langen Korridor. Die Türe zum mittleren Raum war geschlossen. Roger öffnete sie mit Schwung und bemerkte: «Und das ist Danis Büro.»

Er sprach in der Gegenwartsform, so als könnte Daniel jederzeit eintreten und seinen Platz einnehmen. Der Raum war aufgeräumt und wirkte freundlich. Bi war erstaunt und rief aus: «Mich dünkt das Zimmer eigentlich ganz nett!»

«Das finde ich auch», antwortete Roger mit Überzeugung.

Nachdenklich schaute sich Bi nach den Büromaschinen um, die soviel ungute Gefühle hervorgerufen hatten. Der grosse Kopierer stand gleich neben der Zimmertür an einer Stirnwand. Rechts davon, an einer Seitenwand, war ein langer Arbeitstisch mit einem Bildschirm. An diesem Tisch hatte Daniel gearbeitet. Am rechten Rand des Arbeitstisches bemerkte Bi zwei Drucker: «Das sind wohl die Drucker, deren Lärm Daniel so gestört hat.»

«Der Lärm der Drucker ist doch nicht so schlimm», widersprach Roger.

«Daniel nervte vor allem der Nadeldrucker», erwiderte Bi beharrlich.

«Der Lärm wurde aber viel geringer, als ein Laserdrucker angeschafft wurde», verteidigte sich Roger.

Nun begaben sich die beiden ans Ende des Korridors, wo eine Türe in die kleine Küche führte. «Hier hat sich Dani jeweils einen Kaffee gebraut und eine Zigarette geraucht», erläuterte Roger.

Im offenen Empfangsraum vor der Küche bemerkte Bi die kleinen Tische und Stühle, die sich seinerzeit in Danis Keller gestapelt hatten. Eine alte, naturbelassene Kommode mit einem blauen Terrakotta-Pferd darauf gab dem Raum Behaglichkeit. Ein Arbeitstisch zog sich dem Fenster entlang.

«Wir haben am Jahresende diesen Bürotisch angeschafft und im Empfangsraum plaziert, damit Daniel eine Ausweichmöglichkeit hat», erläuterte Roger. Dann fügte er pointiert hinzu: «Lärm und Unruhe im Büro waren vielleicht nicht wirklich der Stein des Anstosses, da Dani uns trotzdem ganz unverhofft verlassen hat.»

Was hätte Bi dazu sagen sollen? Dass Daniel sich zu jenem Zeitpunkt bereits hatte abwerben lassen? Dass die Sache gelaufen und Diskussionen darüber nicht mehr sinnvoll waren?

Nach diesem Rundgang setzten sich die beiden in Rogers Büro an den Sitzungstisch. Die massiven Möbel liessen den Raum eng erscheinen. An den Längswänden reichten die dunkel lasierten Schrankkombinationen bis zur Decke. Die Mitte des Zimmers wurde durch einen grossen L-förmigen Arbeitsplatz ausgefüllt. Blickfang war der mit schwarzem Leder bezogene Chefsessel mit seiner hohen Rücklehne. Eine schwungvolle Grünpflanze auf halbhoher weisser Blumensäule steuerte aus der Fensterecke eine Note von Wohnlichkeit bei. Es war ein durchdachter und gepflegter Raum, in dem sich Sachlichkeit und Geschmack in ansprechender Weise verbanden.

Hier sassen sich also Bi und Daniels Bruder Roger gegenüber. Bi war überrascht, wie jung und zielstrebig Roger wirkte und wie unauffällig er auf sie einzugehen verstand: «Sie also sind der Älteste», begann Bi das Gespräch (Roger war fast auf den Tag ein Jahr alt, als die Zwillinge Bruno und Daniel zur Welt kamen), «da hatten Sie bestimmt keinen leichten Stand.»

«Das stimmt,» erwiderte Roger, «ich hatte es wirklich nicht leicht. Von allem Anfang an hielten die Zwillinge durch dick und dünn zusammen. Gegen beide zusammen kam ich nicht auf. Oft stand ich daneben und war das fünfte Rad.»

«Wie sind Sie damit fertig geworden?»

«Ich habe mich angepasst. So liessen sie mich mitspielen, doch bei Konflikten machten sie stets gemeinsame Sache.»

«Waren Sie bei all den sportlichen Unternehmungen mit dabei?» wollte Bi weiter wissen.

Roger verneinte. Während er fortfuhr, erhellte ein fröhliches Lachen sein Gesicht: «Mein bester Kollege wohnte auf einem Bauernhof. In meiner Kindheit und Jugend war ich in meiner

Freizeit meist auf dem Hof. Es gefiel mir dort so gut, dass ich erst Bauer werden wollte und eine Ausbildung als Landwirt begann. Ich pflegte drei Pferde, lernte Reiten und habe in der Folge an Dressurprüfungen und Springen teilgenommen. Nach einem halben Jahr fand ich aber, für den Beruf eines Bauern sei ich nicht genug robust. Ich erwarb zur gleichen Zeit wie meine Brüder ein kaufmännisches Diplom. Nachdem ich zwei Jahre in einer grossen Firma, die Personal vermittelte, gearbeitet hatte, baute ich für eine andere Firma einen neuen Sektor Personalberatung in W. auf. Der neue Sektor war weitgehend autonom und erwies sich bald als Erfolg. Als ich mich beteiligen wollte, wurde ich Opfer der dubiosen Geschäfte des Firmeninhabers.»

Über Rogers weitere Geschichte wurde schon berichtet.

Als Bi nun fragte, wie Daniel in die Firma gekommen sei, stellte sich heraus, dass sich Roger nicht daran erinnern konnte, ja, er meinte, Daniel sei nicht von Anfang an dabeigewesen.

Bi fragte Roger auch, weshalb er Daniel keinen Lohn bezahlt hätte.

«Das war eine durch und durch unvernünftige Forderung», meinte Roger entschieden. «Immer wieder ist mir die Familie in den Ohren gelegen, ich solle ja alles vermeiden, was zu einer Rentenkürzung führen könnte», und er fügte hinzu: «Auch heute bin ich nicht sicher, ob Dani sich in einen Betrieb wirklich einfügen kann.» Und völlig Unrecht hat Roger Bucher damit nicht. Allein die Raumfrage schränkt Daniel Buchers Möglichkeiten stark ein.

«Überall dort, wo Geschick im sprachlichen Ausdruck gepaart mit Beziehungsfreudigkeit wesentlich sind, zeigte Dani sehr ansprechende Leistungen», führte Roger weiter aus. «Er durfte allerdings dabei nicht gestört werden. Andere Sachen blieben liegen, und ich musste sie selber erledigen. Es ist doch in der freien Wirtschaft undenkbar, dass ein Angestellter sich ins stille Kämmerlein zurückzieht und einen Tag an Dokumenten feilt, selbst wenn zuletzt sehr ansprechende Texte entstehen.»

Hier sprach Roger die noch sehr deutliche Verlangsamung in Daniels Arbeitstempo an. Bi dachte bei sich, in der Hektik von Rogers erstem Betriebsjahr sei diese Verlangsamung wohl übertrieben ins Gewicht gefallen.

Unvermittelt rief Roger dann aus: «Dani glaubt immer, er sei noch derselbe wie früher, aber er ist es nicht mehr.»

In diesen Ausruf mischte sich Wahres und Falsches. Als Personalvermittler mass Roger Daniels wirtschaftlichen Stellenwert einzig an der Leistung. Leistung kommt zustande, indem Arbeit stetig in einer (möglichst kurzen) Zeitspanne, möglichst gehaltvoll getan wird. Nicht nur Auffassungsgabe und Fähigkeit ein Werk zu verrichten sind dabei wichtig, im Umfeld von Wirtschaft und Verwaltung sind Verlässlichkeit, Anpassungsfähigkeit und Tempo entscheidende Faktoren. In diesen Bereichen hatte Daniel aufgrund seiner Hirnschädigung Einbussen erlitten. Er ist jetzt auf Zeit, einen ruhigen, von der Hektik des Betriebes abgeschirmten Arbeitsplatz und auf Verständnis bei Leistungsschwankungen angewiesen. Das machte ihn aus dem Blickwinkel des guten Personalberaters, der sein Bruder ist, zu einer schwer zu vermittelnden Arbeitskraft. Als Mensch hat Roger aus tiefer brüderlicher Verbundenheit etwas geleistet, was nur Liebe zu leisten vermag: er hat Dani so angenommen, wie er war: «Eines Tages war er einfach da, und ich versuchte für ihn in der Firma Aufgaben zu finden, die möglich und sinnvoll schienen und die ihm später bei einem beruflichen Einstieg nützlich sein konnten. Eigentlich hätte ich eine Schreibkraft gebraucht, aber Dani erklärte, er könne wegen der Lähmung der rechten Hand nicht tippen. Du könntest doch einfach mit der linken Hand tippen, schlug ich vor, aber Dani wollte das nicht», erinnerte sich Roger. Dann rief er unwirsch aus: «Man kann doch lernen mit einer Hand zu schreiben!» Roger hat dann für das Tippen auswärts eine Schreibkraft gesucht.

Hat Roger wohl darüber nachgedacht, was es für einen Menschen bedeutet, die mit einer Hirnschädigung verbundenen Verluste innerlich anzunehmen und damit im Alltag zu leben? Das kann doch nicht durch eine einfache Erkenntnis von Tatsachen geleistet werden, sondern im besten Fall durch einen langsamen und äusserst schmerzhaften Vorgang.

Was sollte Dani denn akzeptieren? Schlechter geworden zu sein? Hat sich Roger vorstellen können, was es für ihn bedeutete, aus einem erfolgreichen Leben ohne Vorwarnung hinauskatapultiert zu werden und sich als jemanden wiederzufinden, den andere für minderwertig hielten? Eben tat Dani die ersten unsicheren Schritte in eine neue Zukunft. Noch vermochte er sich von dem, was war, nicht recht trennen. Ist es denn so schwierig zu verstehen, dass er sich immer wieder an die Illusion klammerte, die Vergangenheit lasse sich zurückzaubern?

Roger konnte nicht sehen, dass Daniel noch nicht im Stande war, seine Behinderung anzunehmen und es nicht schlechter Wille, sondern diese psychische Unfähigkeit war, die Schreiben ohne rechte Hand für ihn unannehmbar machte. Später hat Daniel bei der Arbeit an seiner Geschichte ein eigenes, brauchbares Fünffingersystem für die linke Hand entwickelt, das flüssiges Tippen am Computer möglich machte. Die Rechte benützt er nur für die Leertaste und zum Umschalten. Zu jener Zeit war er aber dazu noch nicht bereit. Den Gedanken, seine rechte Hand könnte nur noch beschränkt brauchbar sein, schob er weit von sich. Es war für ihn unerträglich, etwas zu tun, was ihm verlorene Fähigkeiten täglich vor Augen führen würde.

Bi sah, dass Roger selber von seinen Problemen in Atem gehalten wurde. Im Schatten seines Schuldenberges wurde für ihn kaum sichtbar, mit welchem Einsatz sein Bruder seine Probleme zu bewältigen suchte und wie sehr er dabei auf Bestätigung angewiesen war. Zu weit waren die Erlebniswelten der beiden voneinander entfernt, zu sehr war jeder in den eigenen Problemen vergraben. So gelang es ihnen nicht, sich richtig zu verständigen. Roger verstand nicht, weshalb Dani sich weigerte, eine Aufgabe zu übernehmen, für die er dringend eine Lösung brauchte. Dani fühlte sich ungerecht behandelt und in seinem echten guten Willen verkannt. Das belastete die weitere Zusammenarbeit.

Nachdenklich geworden wollte Bi wissen, wie sich die Sache mit der Buchhaltung aus Rogers Sicht verhalten hatte.

«Ich habe mir gedacht, es wäre für Daniels erneuten beruflichen Einstieg nützlich, wenn er lernen würde, nach einem Buchhaltungsprogramm eine Geschäftsbuchhaltung zu führen», erläuterte Roger .

«Ich bin selber viele Stunden mit Dani am Computer gesessen, bis er die grundlegenden Fertigkeiten der Buchführung mit dem Programm beherrschte. Und dann hat er mich im schwierigsten

Moment Knall auf Fall hocken lassen!» rief Roger sichtlich verletzt aus. «Ich war doch unter erheblichem Einsatz ehrlich bestrebt, ihm Kenntnisse und Erfahrungen zu vermitteln, die bei einem neuen Start ins Berufsleben nützlich sein konnten. Was habe ich denn falsch gemacht?»

Bi war sicher, dass Roger es mit seinen Bemühungen ehrlich gemeint hatte. Danis plötzlicher Abschied hatte ihn getroffen. Er war verletzt, empört und gleichzeitig verunsichert. Auch fühlte er sich von Vorwürfen bedrängt.

Bi sagte deshalb, Roger sei wohl durch eine ganz erhebliche Arbeitslast, persönliche Sorgen und berufliche Unsicherheit selber dauernd an der Grenze seiner Belastbarkeit gewesen. Dadurch hätte er Danis Probleme vielleicht zu wenig wahrnehmen können.

«Das Buchhaltungsprogramm war nicht sehr benutzerfreundlich», räumte Roger nun ein, «und die Buchhaltung war nicht in allen Einzelheiten perfekt. Vielleicht habe ich Dani überfordert. Ich erinnere mich, wie er zu mir kam und erzählte, er sähe die Buchhaltung noch im Traum, dabei schwirrten ihm jede Menge Zahlen vor den Augen.»

«Vielleicht», bestätigte Bi, «wurden Danis Probleme mit dem Sehen zu wenig Beachtung geschenkt.»

«Und wie kam es zu den gemeinsamen Ferien in Mauritius?» war die nächste Frage.

«Meine Freundin Esther und ich hatten gemeinsame Ferien geplant», antwortete Roger, «und Esther nutzte ein besonders günstiges internes Angebot ihres Arbeitgebers. Ich erzählte Dani davon und er meinte, er wäre eigentlich selber gerne wieder einmal ans Meer gereist. Esther war dann bereit, die Ferien gemeinsam mit Dani zu verbringen und verschaffte ihm ebenfalls günstige Bedingungen. Nun erwartete er zusätzlich, dass ich seine Ferien bezahle und das lehnte ich ab, denn ich fand, Dani hätte ein Einkommen, das ihm gut ermögliche, seine Ferien selber zu finanzieren.»

Bi dünkte das verständlich, wenn man an Rogers eigene finanzielle Lage dachte und an die Unsicherheit seiner Zukunft. Dass Daniel auf ein Zeichen der Anerkennung wartete und dieses auch dringend brauchte, konnte Roger so nicht sehen. Danis Forderung war sicher kein guter Weg, um mehr Anerkennung zu erhalten.

Bi war aufgefallen, dass Roger aus dem Jahr der gemeinsamen Tätigkeit in der Firma kaum über Erinnerungen an gemeinsame Erlebnisse berichtete, und sie sprach ihn darauf an.

«Sie meinen, es sei wenig Fleisch am Knochen?» meinte er verlegen.

«Ja», bestätigte Bi. «Muss man da nicht den Eindruck erhalten, Sie hätten Dani als Menschen kaum wahrgenommen?»

Roger dachte eine Weile nach, dann lachte er: «Als Dani hier begann, hatte er schreckliche Angst, er könnte einem Besucher begegnen. Die Türe zu seinem Zimmer musste immer geschlossen bleiben. War er zufällig in der Küche, wenn ein Besucher im Warteraum Platz nahm, getraute er sich nicht mehr heraus und verhielt sich mäuschenstill. Er ging erst wieder in sein Büro zurück, wenn der Besucher den Raum verlassen hatte. Später habe ich jeweils beim Vorstellen meiner Räumlichkeiten kurzerhand die Türe zu Danis Büro aufgerissen und gesagt: Und hier arbeitet mein Bruder Daniel. Zuerst machte Dani ein verblüfftes Gesicht, bald hatte er sich aber daran gewöhnt. Ich fand, Dani müsse sich wegen seiner Behinderung nicht schämen.»

«Einmal hat ein Kunde längere Zeit nicht bezahlt. Dani hat ihn gemahnt, erhielt aber keine Antwort und mahnte ihn ein zweites Mal. Als er noch immer keine Antwort erhielt, mahnte er den Säumigen kurzerhand per Telefax. Der Telefax kam in ein Empfangsbüro des Betriebes und wanderte von dort durch verschiedene Abteilungen, bis er beim Chef anlangte.

Dieser griff erbost zum Telefon und fuhr mich wütend an: «Spinnt ihr eigentlich, dass ihr mich per Telefax mahnt? Jetzt weiss hier jeder, was ich für Personalrekrutierung ausgebe!»

«Fast hätte ich diesen Kunden verloren.»

Es besteht eben ein grosser Unterschied zwischen der Autorität, mit welcher der Staat auftreten kann, und den Rücksichten, die ein kleiner Betrieb auf seine Kunden nehmen muss.

Inzwischen war es spät geworden. Nachdenklich verliessen Roger und Bi das Gebäude, um jeder auf seinem Weg nach Hause zu gelangen.

Bi war bedrückt, denn ihr schien, in dieser Sache sei eine echte und sehr schöne Chance für die ungleichen Brüder vertan worden. Der spontane, etwas vorschnelle Daniel und der verschlossene, etwas gehemmte Roger waren durch ein Gefühl tiefer Solidarität verbunden, und jeder wollte ursprünglich nur das Beste für den anderen tun. Beide waren einsatzbereit und von einem ausgeprägten Leistungswillen beseelt, und für beide war die Verbindung mit Vorteilen verbunden: Roger erhielt in Daniel einen durch und durch vertrauenswürdigen Begleiter, mit dem er alle Probleme offen besprechen konnte. Daniel erhielt die Chance, sich in einer wohlmeinenden Umgebung wieder in einen regelmässigen Arbeitsrhythmus einzugewöhnen, und das bei einer neuartigen und für ihn recht anspruchsvollen Tätigkeit.

Was war schief gegangen? Bi dachte, es sei nachteilig gewesen, dass Roger über Danis besondere Probleme nur ungenügend informiert war. Er konnte deshalb schlecht auf ihn eingehen. Ein drücklich wurde das für sie am Lärmproblem sichtbar. Offenbar hatte Roger das Problem erkannt, aber unterschätzt. Er wusste nicht, dass bei Hirnschädigungen Überempfindlichkeit gegen Lärm häufig vorkommt. Der Verkehrslärm in Danis alter Wohnung in B. hatte ihn auch erst nach seiner Erkrankung gestört. Aus dieser Sicht waren Kopierer und Drucker wirklich eine Belastung. Allerdings konnte Bi auch bei Roger gute Gründe für seinen Standpunkt sehen. Das Gesicht der Firma war für ihn enorm wichtig. Für Dani sei es doch ganz selbstverständlich gewesen, dass Roger alles tun musste, um den Eltern seine Schuld zurückzuzahlen. Da könne Roger nicht vorgeworfen werden, er hätte zu sehr auf eine Optimierung des Betriebes geachtet und Danis persönlichen Bedürfnissen zu wenig Priorität eingeräumt.

Missverständnisse waren vorprogrammiert. Und so kam es, dass trotz der tiefen und echten Beziehung zwischen den beiden Brüdern der gute Wille und die Hilfsbereitschaft in einem Wust von Missverständnissen und unguten Gefühlen untergingen.

Gott gibt die Nüsse,
aber er beisst sie nicht auf.

Johann Wolfgang Goethe

Verfügungen

Dass die Kostenübernahme durch die Krankenkassen in der Schweiz für ambulante Sprachtherapie durch Sprachtherapeuten mit eigener Praxis noch nicht gesichert ist, stellt für viele Sprachbehinderte eine grosse Belastung dar. Nur bei öffentlichen und privaten Unfall-Versicherungsgesellschaften wird die ambulante Behandlung auf ärztliche Verordnung hin übernommen. Diese Verhältnisse halten manche begabten Sprachtherapeutinnen und Sprachtherapeuten leider davon ab, sich der Behandlung von Sprachgebrechen nach Hirnschädigung bei Erwachsenen zu widmen. Im Schuldienst ist die Entlohnung besser und sicherer und die Arbeitsbedingungen angenehmer. Wer kann es ihnen verdenken, wenn sie eine unabhängige Stellung mit sicherem Verdienst und einer grosszügigen Ferienregelung dem unsicheren Dasein in einem schwierigen Spezialgebiet vorziehen?
Manchmal frage ich mich, ob sich denn nie jemand in den verantwortlichen Gremien vorzustellen versucht, was ein Verlust oder bloss eine Beeinträchtigung der Sprache oder des Sprechens für ein Leben bedeutet. Nichts hat mich mehr belastet als die Schwierigkeiten beim Sprechen. Das Bilden von Lauten, Silben und Wörtern war überaus mühsam. Mein Wunsch, die Behinderung des Sprechens gezielt über längere Zeit mit Hilfe der Logopädie zu bessern, stiess bei den zuständigen Instanzen der Sozialversicherung auf wenig Unterstützung. Besonders schlimm war für mich dabei die Erfahrung von Desinformation. Weder

der Behinderte noch seine Familie werden hinlänglich über Verfahrensfragen orientiert. Verhalten sie sich formal nicht richtig, werden sie nicht aufgeklärt. Wie soll der Behinderte und seine Familie da noch an Solidarität glauben? Es muss ihnen beinahe scheinen, den Organen der Sozialversicherung sei mehr daran gelegen, Behinderte in ein Ghetto zu treiben als daran, sie in der Gesellschaft zu halten.

Vom Januar bis Mai 1990 hatte ein Sonderpädagoge in neunzehn Lektionen mit mir an der Aussprache der Laute gearbeitet. Nach dieser Therapie wurde ich akustisch besser verstanden. Damit war für mich und meine Umgebung ein wichtiger Schritt getan. Niemand brauchte mehr zu rätseln, was ich wohl gesagt haben könnte. Mir blieben so entmutigende Nachfragen erspart. Gespräche waren wieder möglich geworden. Zwar war meine Art zu sprechen noch immer auffällig. Ich sprach stark verlangsamt. Sprachrhythmus und Sprachmelodie wichen von der Norm ab. Auch litt ich unter den Reaktionen der anderen. Mir schien, die Menschen, mit denen ich sprach, hielten mich allesamt für einen Idioten. Meine Sprachtherapeutin erzählte mir später, Untersuchungen hätten gezeigt, dass die geistigen Fähigkeiten eines Menschen von der Umgebung unter anderem aufgrund der Sprechgeschwindigkeit eingestuft würden. Unwissenheit könne da tatsächlich zu Vorurteilen führen. Zwar akzeptierte mich meine Familie voll. Sie glaubte, jetzt könnte auch ich wieder ohne Probleme überall hingehen. Als sie jedoch merkte, wie sehr ich unter meiner Redeweise litt, suchte sie Wege zu weiterer therapeutischen Förderung.

Im März 1991 begann ich eine weitere Behandlung und wandte mich sogleich an die zuständige Amtsstelle.

Zwei Wochen später erhielt ich die Antwort: «Das Begehren um Logopädiebehandlung ist noch im Abklärungsstadium. Wir bitten Sie um Geduld.»

Sowohl meine Therapeutin wie ich glaubten nun, die Sache werde geprüft, und ich schickte die erste Rechnung zur Rückerstattung ein. Als ich nichts hörte, schrieb ich im Juni erneut: «Ich warte auf die Vergütung der beigelegten Rechnungen der Logopädin.»

Erst vier Monate später erhielt ich die Rechnungskopien mit einem Begleitzettel zurück. Es hiess: «Bitte gedulden Sie sich; es liegt noch keine Verfügung betreffend Kostengutsprache vor.» Meine Logopädin fand diese Antwort wenig hilfreich. Stutzig geworden fragte sie: «Haben Sie denn ein Gesuch gestellt?»

Von einem solchen formalen Gesuch wusste ich nichts und ich verneinte. Nun wies sie mich an, meinen Hausarzt um die Einreichung eines Gesuches zu bitten. Ohne diese Information hätte ich zahllose Briefe geschrieben. Dabei wäre meine Verbitterung über eine scheinbar verächtliche Behandlung ständig grösser geworden.

Nachdem der Arzt anfangs Juli sein Gesuch unterbreitet hatte, erhielt ich kurze Zeit später einen Vorbescheid, in dem unter anderem stand: «Wir haben den Anspruch auf Sprachheilbehandlung geprüft. Gemäss Art. 12 des Bundesgesetzes über die Sozialversicherung gehen medizinische Massnahmen nur zu Lasten der Versicherung, wenn nach Abklingen eines krankhaften Prozesses ein annähernd stabiler Gesundheitszustand vorliegt und zudem mit der Behandlung die Erwerbsfähigkeit dauernd und wesentlich verbessert oder vor wesentlicher Beeinträchtigung bewahrt werden kann.»

Weiter hiess es mit unverminderter Härte: «Bei Erwachsenen und Schulentlassenen wird die Sprachheilbehandlung als medizinische Massnahme nur übernommen, wenn sie sich gegen einen mindestens annähernd stabilen Gesundheitszustand richtet und die Beseitigung oder Linderung eines solchen Sprachfehlers eine Verbesserung der Erwerbsfähigkeit bewirkt. Funktionelle Störungen gelten nicht als stabil. Aufgrund der durchgeführten Abklärungen sind die oben aufgeführten Voraussetzungen heute nicht erfüllt. Ihr Leistungsbegehren muss deshalb zur Zeit abgewiesen werden. Zu gegebener Zeit wird Ihnen die Sozialversicherung eine beschwerdefähige Verfügung zustellen.»

Mit diesem Vorbescheid war weder mein Arzt noch die Logopädin einverstanden. Herr Dr. F. gab Mitte Juli in einer Stellungnahme seinem Erstaunen über diese Schlussfolgerungen Ausdruck, zumal bei der kürzlich erfolgten Abklärung in der neurologischen Poliklinik Herrn Bucher gesagt wurde, sein Zustand habe sich erfreulich entwickelt. Er solle sein Gesuch stellen, man werde es unterstützen. Auch dem Zahnarzt sei bei einer Behandlung aufgefallen, dass Herr Bucher sehr viel melodiöser spreche, was mit der Aussage der Logopädin übereinstimme, eine Besserung beginne sich abzuzeichnen. Nach seiner Ansicht seien die Voraussetzungen für die Kostengutsprache erfüllt. Man solle mich zu einem Gespräch einladen, damit Klarheit geschaffen werden könne.

Nach einer Woche erhielt ich einen Brief mit dem Hinweis: «Der zuständige Arzt ist damit einverstanden, Sie aufzubieten.»

Für mich wirkte diese Einladung wie ein Gnadenakt.

Anfangs August konnte ich mich endlich zur Kostenübernahme äussern. Glücklicherweise begleitete mich meine Schwägerin Petra mit Tochter Fabienne, sonst wäre ich bei der Argumentation von Dr. med. G., einem Kommissionsmitglied, völlig ausgerastet.

Er sass mit einer schriftlichen Verfügung vor uns: «Mir ist leider die schwierige Aufgabe zugefallen, Ihnen den negativen Entscheid der Sozialversicherungs-Kommission zu eröffnen.»

Glaubte er wirklich, wir liessen uns in fünf Minuten abspeisen? Wir haben dann unser Begehren über eine Stunde lang begründet und meine Situation immer wieder geschildert. Besonders verletzend war, wie der Arzt nicht mit mir als vorgeladener Person, sondern ausschliesslich mit meiner Schwägerin diskutierte. Ich war offenbar kein Ansprechpartner. Alle meine Einwände und Anregungen quittierte er mit Schweigen und skeptischen Blicken an die Adresse meiner Schwägerin. Das löste bei mir Unverständnis, ja Hass aus – ich war doch nicht unzurechnungsfähig. Durch unsere Beharrlichkeit bedrängt, rief der Arzt zuletzt den Anwalt Dr. iur. B. zu seiner Unterstützung herbei. Fabienne krabbelte inzwischen auf dem Teppich herum, legte ihren Zwieback auf den Stuhl neben mir, um mir sodann ein Bisschen davon zu geben. Ich hätte heulen können, wie sie mich so an meine unbeschwerte Kindheit erinnerte.

Der Anwalt konnte ausgezeichnet mit mir kommunizieren. Dabei wurde Dr. med. G. nach und nach aus dem Gespräch verbannt; er hatte ja von Anfang an jeden Blickkontakt zu mir vermieden. Dr. iur. B. dagegen war bereit zu hören, was ich sagte und nicht bloss, wie ich es sagte. So erfuhr ich, dass der Bericht des Universitätsspitals von einer dauernden hundertprozentigen Arbeitsunfähigkeit ausging. Deshalb bezöge ich ja eine Vollrente. Dieser ärztliche Bericht schliesse die Möglichkeit der Rentenkürzung aus. Hier stellte sich heraus, dass zwischen dem, was mir der Arzt im Universitätsspital beruhigend mitgeteilt hatte, und dem, was danach im Bericht an die Sozialversicherung festgehalten wurde, eine riesige Lücke klaffte.

«Wie hatte der Arzt zu jenem Zeitpunkt für alle Zukunft ein so weitreichendes Urteil fällen können?»

Noch vor einem Jahr hätten mich die beiden Herren akustisch nicht verstanden. Jetzt konnten wir miteinander sprechen. Und doch wurde ich mit 27 Jahren zum Pensionär verurteilt. «Meine Herren, wenn man mich abschreiben will, unterzeichnen sie hier und heute mein Todesurteil!»

Dr. iur. B. erhielt während des Gesprächs offenbar den Eindruck, es sei doch etwas verfrüht, mich völlig abzuschreiben, mein Zustand könnte sich weiter bessern. Er meinte, man sollte mir eine Chance geben.

Nun meldete sich der Mediziner zu Wort: «Herr Bucher, sie haben doch als Stellvertreter des Gemeinderatsschreibers hundertzwanzigtausend Franken pro Jahr verdient, (was gar nicht stimmt). Ist es nicht unwahrscheinlich, dass sie jemals auch nur das für eine Rentenreduktion nötige Drittel verdienen könnten?»

Niemand schien sich daran zu stossen, den Marktwert eines Behinderten so unverfroren zu erörtern. Innerlich musste ich lachen, aber ich sprach keinen Ton. Was hätte ich entgegnen können?

Jetzt wollten die beiden Herren sich beraten. Wir mussten vor der Türe auf ihren Entscheid warten. Ich weiss noch, dass ich meiner Schwägerin sagte: «Wie immer der Entscheid ausfällt, ich bin bereit zu kämpfen, wenn nötig bis vors höchste Gericht.»

Nach fünf Minuten wurden wir gerufen. Inzwischen war ich wütend und überzeugt, dass man mir keine Logotherapie bewilligen wollte, weil man ein Präjudiz fürchtete und nicht gewillt war, eine bestehende Praxis zu ändern. Wenn ich erreichen könnte, in diesen Teufelskreis eine Lücke zu brechen, hätte ich wenigstens einen Teilerfolg erzielt.

Nun eröffnete mir Dr. iur. B.: «Bis Ende September 1991 sind Sie im Besitz eines einsprachefähigen Entscheides. Dem Fall kommt eine gewisse präjudizierende Wirkung zu, weshalb die Abklärungen sehr umfangreich sind und das Bundesamt für Sozialversicherung in Bern zuerst angefragt werden muss. Wenn von Bern ein positiver Entscheid eintrifft, wird Ihnen Kostengutsprache für die Zeit vom März 1991 bis März 1992 erteilt werden.»

Ende November 1991 bekam ich von der Sozialversicherung einen positiven Präsidialbeschluss.

Offenbar wird eine logopädische Therapie nur vergütet, wenn sich damit die Chance einer Erwerbstätigkeit merkbar verbessert. Spielen die sozialen Nöte eines Behinderten keine Rolle? Hat er kein Recht auf Hilfe zur Besserung seiner Kontaktmöglichkeiten und geht die psychische Gesundheit sprachlich Behinderter die Sozialversicherung wirklich nichts an?

Aufgrund der ärztlichen Therapieverordnungen wurden später auch die Kosten der Weiterbehandlung vom April bis Oktober 1992 und jene vom Januar bis Juli 1993 übernommen. Insgesamt wurden mir die Kosten der Sprachschulung über die maximale Therapiedauer von vierundzwanzig Monaten vergütet. Diese problemlosen späteren Präsidialbeschlüsse waren für mich eine grosse Genugtuung.

Ohne den Einsatz meines Hausarztes und jenem der Sprachtherapeutin hätte für ähnlich gelagerte Fälle nicht vorgebahnt werden können. Nichterwerbstätige und dauernd Behinderte sind gegenüber anderen Bürgern klar benachteiligt. Dieser Zustand widerspricht nicht bloss dem Prinzip der Rechtsgleichheit in unserer Bundesverfassung, sondern auch dem Leitgedanken der Sozialversicherung: «Eingliederung vor Rente». Darin müsste die Chance zur sozialen Neuorientierung mit eingebunden sein. Jeder Straffällige erhält diese Chance, unabhängig davon, ob er danach eine Stelle findet!

Betrügen und betrogen werden;
nichts ist gewöhnlicher auf Erden.

Johann Gottfried Seume

In der Garagen AG

Anfangs 1992 trat ich meine neue Stellung mit viel Leistungsbereitschaft an. Fortan zwei Autogaragen kaufmännisch zu leiten, Entscheide zu fallen, die Aussicht, Kompetenzen als Prokurist zu erhalten, waren Perspektiven nach meinem Geschmack; und doch hatte ich ein ungutes Gefühl.

Am Morgen des dritten Januars fuhr ich nach B. und parkte vor dem Garagengebäude. Rings um das Haus herrschte Unordnung. Da lagen abgefahrene Reifen neben rostigen Eisenstücken, dazwischen stapelten sich Fässer, Kinderräder, Giesskannen und ähnlicher Gerümpel. Mit Abneigung betrachtete ich diese Visitenkarte und ging in den Bürocontainer, der dem Gebäude vorgelagert war. Drinnen fiel mein Blick sogleich auf eine hübsche junge Frau, deren braunes Haar weich auf ihre Schultern fiel. Sie sass hinter einem Empfangskorpus an einem wohlgeordneten Schreibtisch mit Computer und schaute mich aus rehbraunen Augen freundlich an.

«Hallo», sagte ich. «Sie sind wohl die Sekretärin?»

«Hallo», antwortete sie, «und Sie sind der Neue.»

«Und wo ist der Chef?» fragte ich.

«Keine Ahnung», sagte sie lächelnd, «ich habe ihn heute noch nicht gesehen.»

Jetzt schaute ich mich in der drei mal acht Meter grossen Baracke genauer um. Der Anblick war wenig erfreulich. Auf dem Korpus vor dem Schreibtisch herrschte ein heilloses Durcheinander. Da lagen Nummernschilder und Rahmen, Tafeln für Gebrauchtwagen mit Leuchtmarkierungen, Autoschlüssel und Formulare im Staub. An einer Seitenwand stand in chaotischem Zustand ein zweites Pult.

Die junge Frau zeigte belustigt darauf und bemerkte: «Das ist für Sie als Arbeitsplatz vorgesehen.»

Wortlos setzte ich mich und begann die Akten zu ordnen, so dass eine kleine Arbeitsfläche frei wurde. Als erstes suchte ich nach den Buchhaltungsunterlagen. Die Sekretärin hatte von solchen Unterlagen noch nie gehört. Sie war erst seit vier Monaten im Betrieb. Mit Buchhaltung hatte sie nichts zu tun.

Nach einigem Suchen fand ich Lohnunterlagen. Zu Hause hatte ich eine Vorlage für Lohnabrechnungen vorbereitet, die ich jetzt ausdruckte. Trotzdem kam ich mit der Arbeit schlecht voran. Bei der Durchsicht der Akten entdeckte ich, dass bei zwei Lehrlingen Sozialleistungen abgezogen wurden, obschon beide noch nicht beitragspflichtig waren. Mein Unwille wuchs. Das ständige Klingeln des Telefons machte mich gereizt. Missbilligend stellte ich fest, dass die Sekretärin sich wiederholt für Dinge entschuldigen musste, die verschlampt worden waren. Für einen Augenblick fragte ich mich: «In was hast du dich da eingelassen?» Dann richtete sich mein Wille wieder blind darauf, mich in einer schwierigen Aufgabe zu bewähren.

Auf der Suche nach dem Inhaber begab ich mich in die Werkstatt. Dort traf ich den Werkstattchef. Er stand, Hände in den Taschen, mit einem Mechaniker und zwei Lehrlingen vor einem Auto. Von J.S. keine Spur. Als ich meine Suche fortsetzte, entdeckte ich im ersten Stock einen mittelgrossen Raum mit einem alten Pult. Durch zwei grosse Fenster kam reichlich Licht.

Es wurde Nachmittag bis der Inhaber endlich erschien. Entschlossen ging ich auf ihn zu: «Im Durcheinander des Empfangsraumes kann ich nicht arbeiten! Könnten wir nicht den leeren Raum im ersten Stock zu einem Büro für mich umgestalten?»

«Warum nicht», entgegnete der Chef wenig erfreut, «da steht ja Vaters Pult, ein Erinnerungsstück, das kannst Du benützen.»

«Kommt nicht in Frage», antwortete ich entschieden, «wir leben nicht mehr im letzten Jahrhundert.»

«Wie Du willst», meinte er, «weg mit dem Pult, aber neue Möbel kaufe ich nicht.»

«Lass das meine Sorge sein», gab ich zurück, «schau Du zu, dass aus dieser muffigen Kammer etwas wird, was sich vorzeigen lässt.»

«Schön, dann lassen wir sie eben streichen und legen auf den alten Riemenboden einen Spannteppich.»

Inzwischen ging es im Container wie im Bienenhaus zu. Arbeiter kamen und gingen. Jedesmal knallte die Türe, weil der Türschliesser nicht richtig eingestellt war. Wenn die Türe nicht knallte, läutete das Telefon. Nebenbei spielte der zweijährige Sohn des Inhabers lautstark herum.

Ich war wirklich froh, als nach einer Woche mein Büro bezugsbereit war. Die Büroeinrichtung kaufte ich selber.

Durch die Umgestaltung hatte sich der schmuddelige Raum in ein einfaches aber ansprechendes Büro verwandelt. Auch J. S. bemerkte das: «Hier sieht es ja gut aus. Ich glaube, da ziehe ich auch ein.»

Von dieser Absicht nahm ich mit Unbehagen Kenntnis, doch schwieg ich vorerst.

Kurz nach diesem Gespräch rief der Schwiegervater meines Zwillingsbruders an: «Wie geht es so bei Dir?»

«Ich beginne mich zu organisieren», antwortete ich und erzählte ihm die Bürogeschichte. «Leider will J. S. mit ins neue Büro ziehen.»

«Lass das ja nicht zu», rief Brunos Schwiegervater aus, «ich sage Dir, der Kerl ist ein Chaot.»

Das hatte ich inzwischen auch bemerkt. So gab sein Rat mir den Mut, den Vorschlag rundweg abzulehnen.

Weil im Container die Kunden empfangen wurden, wollte ich dort ebenfalls etwas mehr Ordnung und Sauberkeit schaffen. Darin wurde ich vom Verkäufer unterstützt, denn so wie er war, konnte der Raum keinen guten Eindruck machen. In meiner zweiten Arbeitswoche putzten wir den Container heraus, shampoonierten den Teppich und versuchten, der Unordnung Herr zu werden. Die Sekretärin war inzwischen an einer Lungenentzündung erkrankt und blieb vier Wochen weg.

Nun konnte ich endlich beginnen, die Geschäftspapiere in Ruhe zu sichten. Stossweise kamen offene Rechnungen zum Vorschein. Mir wurde klar, dass viele Zahlungsverpflichtungen bestanden. Schwieriger war es, von den Einnahmen eine Vorstellung zu erhalten. Alles lag ungeordnet herum. Bei Androhung einer Betreibung wurden eingeforderte Beträge bezahlt, ohne die zugehörigen Rechnungen zur Hand zu nehmen. Es fehlten Unterlagen zu Elementarem wie Inkassowesen inklusive Mahnwesen, Liquiditätskontrollen und Berechnungen von Bruttomargen aus Verkauf. Zu meinem Erstaunen schien niemand sich darüber irgendwelche Gedanken zu machen. Immer wieder waren Bündel von losen Unterlagen an einen Treuhänder gegangen, der damit nicht zurechtkam. Anfangs 1992 lag nicht einmal für das Jahr 1990 ein Abschluss vor. Ich begann mich zu fragen, was eigentlich die Bank dazu sagte.

Der Betriebsinhaber war 26 Jahre alt und gelernter Automechaniker. Er hatte den Betrieb von seinem Vater übernommen, dem das Haus und die Anlagen gehörten. Eine kaufmännische Bildung besass er nicht. Unbekümmert sonnte er sich im Hochgefühl eines Jungunternehmers. Die Sekretärin erzählte mir, er trete jeweils mit Hitlergruss ins Büro ein und verkünde mit ernster Miene: «I am the boss.»

Die 21jährige Sekretärin hatte erst vor kurzem ihre Lehre beendet und war für Sekretariatsarbeiten eingestellt. Nach unseren mündlichen Abmachungen sollte J.S. für die Werkstatt, die Sekretärin und ich für den kaufmännischen Bereich zuständig sein. Ein schriftlicher Vertrag lag nicht vor. Ich glaubte, J.S. hätte erkannt, dass ein Betrieb kaufmännisch organisiert sein müsse und warte nur darauf, dass jemand diese Arbeiten an die Hand nähme.

Bald störte mich das Fehlen klarer Kompetenzen. Mehrmals wandte ich mich deswegen an den Chef: «Meinst Du nicht, wir sollten für die anstehenden Aufbauarbeiten im kaufmännischen Bereich eine schriftliche Vereinbarung treffen?»

Jedesmal hatte er es plötzlich sehr eilig und antwortete: «Aufbauarbeiten? Planungseuphorie? Was soll das? – Ich habe jetzt Wichtigeres zu tun.»

Bevor ich entgegnen konnte: «Was denn?» war er verschwunden. Manchmal wandte er sich unter der Türe nochmals um und meinte: «Überhaupt braucht man ohne Lohn keinen Vertrag.»

Ich gab nicht auf und erreichte, dass ich noch im Januar bei Bank, Treuhänder und wichtigen Kunden in einem Rundschreiben als kaufmännischer Leiter vorgestellt wurde.

Wenig später verlangte die Bank eine Besprechung. J.S. kam zu mir und sagte: «Du, ich möchte bei der Bank vorsprechen. Komm doch bitte mit, dann kann ich Dich dort vorstellen.»

Zum Banktermin erschien er in abgewetzten Jeans und Werkstattschuhen – ganz das Bild eines fleissigen Handwerkers, der sich nur widerwillig von der Arbeit in seiner Werkstatt abhalten lässt. Im Sitzungszimmer der Bank erwarteten uns, korrekt gekleidet, ein grosser, grauhaariger Mann mit Brille und sein junger, dynamisch wirkender Stellvertreter.

Mein Begleiter stellte mich vor: «Das ist Daniel Bucher, der bei mir tätig ist.»

Die beiden Herren schauten sich verwundert an. Deshalb ergriff ich das Wort: «Vor zwei Jahren erlitt ich eine Hirnblutung. Jetzt habe ich nach schwerer Krankheit wieder eine Aufgabe übernommen.» Die Banker nahmen diese Mitteilung mit wohlwollender Zurückhaltung auf.

Dann kamen sie zur Sache. Sie legten die aktuellen Saldolisten beider Garagen vor: «Die gewährte Kreditlimite ist stark überschritten. Die versprochenen Einzahlungen aus Autoverkäufen sind noch immer nicht eingegangen. Selbst mit diesen Zahlungen werden Sie nicht unter Ihre Kreditlimite kommen. Wir möchten hier und heute wissen, wann wir mit welchen Zahlungen aus welchen Autoverkäufen rechnen können.»

J.S. gab sich erstaunt und meinte verwundert: «So aus dem Stegreif weiss ich doch nicht, was wir in letzter Zeit alles verkauft haben und welche Guthaben noch offen sind.» Er schien in Miene und Worten auszudrücken: «Wozu der Lärm?»

War das eine Masche und war der Mann vielleicht viel schlauer als wir ahnten? Jedenfalls gelang es ihm, die Bankbeamten aus der Fassung zu bringen. Sie wandten sich mit einem Ausdruck der Hilflosigkeit an mich. Obschon die Informationen der

Bank für mich neu und reichlich überraschend waren, fühlte ich mich aufgerufen, meinen Mann zu stellen. Nur kam ich aufgrund der Sachlage über Gemeinplätze und Grundsatzerklärungen kaum hinaus.

«Die finanzielle Situation beider Garagen ist sehr unbefriedigend», stellte ich fest und fuhr dann fort: «In Zukunft werde ich alles daran setzen zu erreichen, dass Guthaben aus Autoverkäufen bei Fahrzeugübergabe eingezogen und die Zahlungen an Sie weitergeleitet werden. Der Verkäufer der anderen Garage soll beauftragt werden, die Verkäufe ab sofort bis zur Zahlung zu begleiten. Service- und Reparaturarbeiten unter einhundert Franken müssen von Kunden bar beglichen werden, alle andern innert dreissig Tagen. Da mit säumigen Kunden zu rechnen ist, werde ich mich bemühen, ein Inkassowesen aufzubauen, welches greift.»

Während dieser Ausführungen schaute J. S. immer wieder auf seine Uhr, als wollte er sagen: «Was soll das Palaver! Ich bin nicht hier, um leeres Stroh zu dreschen.» Nach fünfzig Minuten erhob er sich.

«Wollen Sie gehen?», fragte einer der Herren erstaunt. «Ja», antwortete er, «meine Zeit ist knapp.»

«Wohin wollen Sie denn gehen?» erkundigte sich der andere verblüfft.

J. S. stutzte einen Moment, dann fuhr er eine Spur verlegen fort: «Ich habe noch eine Besprechung.» Und er ging, bevor ihm einer etwas entgegnen konnte.

Die beiden Banker schüttelten die Köpfe und meinten: «Was kann denn momentan wichtiger sein?» Danach hielten sie sich an mich, denn für die Bank standen viele Fragen offen.

Ich blieb noch über eine halbe Stunde, bemüht, die Bank von der Ernsthaftigkeit und Machbarkeit meiner Sanierungspläne zu überzeugen.

Als ich ihnen mitteilte, dass ich als Praktikant ohne Lohn arbeitete, reagierten sie erstaunt und eher skeptisch, doch ungelegen kam ich ihnen kaum. Da war jemand, der versprach, sich sorgfältig um die finanziellen Probleme zu kümmern. Ausserdem schien dieser Jemand einigermassen betucht. Wer weiss, viel-

leicht stieg er ins Geschäft ein. Das gab den Herren Handlungs-
aufschub und Kosten entstanden dabei keine. Welcher verant-
wortliche Bankangestellte will seinem Vorgesetzten vorschlagen,
investiertes Geld abzuschreiben? So wurde ich zum Strohhalm,
an dem sie sich hielten.

Auf dem Heimweg machte ich mir so meine Gedanken.Der Fir-
meninhaber war an der Werkstatt wenig interessiert. Er arbeitete kaum je produktiv. Lieber sass er oben am Fernseher. Nebenbei war er auf Abruf im Geschäft der Mutter tätig. Sie besass
einen Kleinbus, der täglich einige öffentliche Kurse auf Kurz-
strecken fuhr. Für den Sohn bot das willkommene Gelegenheiten,
sich hin und wieder zu verdrücken. Über seinen eigenen Betrieb
übte er keine Kontrolle aus. Peinlich vermied er, Verpflichtungen einzugehen. Er erstrebte nur eines: sich den ungestörten
Zugriff zu den Finanzen zu erhalten. Da liess er sich von niemandem dreinreden. Seine undurchsichtige Geschäftsführung
war diesem Ziel förderlich. Durch die simple Methode, alle
Unterlagen in einer chaotischen Unordnung verschwinden zu
lassen, zog er sich endlos aus der Sache. Damit verfügte er nach
Gutdünken über die Einnahmen. Dass bei solchem Geschäfts-
gebaren die Schulden stetig wuchsen, kann nicht erstaunen. Erstaunen weckt nur die Nachsicht der Gläubiger.

Die Firma war erst im Jahre 1991 von einer Einfachen Gesellschaft in eine Aktiengesellschaft umgewandelt worden. Um an
Geld zu kommen, wurden Teilhaber gesucht. Trotz der schlechten Finanzlage, oder gerade deshalb, kaufte der Sohn zur elter-
lichen Garage mit einem Zuschuss der Eltern einen zweiten
Betrieb. Ein 54jähriger Werkstattchef, der an seiner früheren
Arbeitsstelle wegen Verfehlungen entlassen worden war, wurde
überredet, sein ganzes Ruhegeldkapital in die Firma zu stecken.
In einem Jahr war das Aktienkapital von mehreren hunderttau-
send Franken verwirtschaftet, und es lagen zusätzliche Verpflichtungen vor.

Meine Absichten und Bemühungen kamen J. S. in die Quere. Für
ihn bestand meine Aufgabe einzig darin, neue Kredite zu be-
schaffen. Nach und nach erwachte der Verdacht, er könnte mir
gar die Rolle des Prügelknaben zugedacht haben. Ich begann zu

fürchten, ich könnte durch seine Geschäftsmoral selber in eine gefährliche Lage hineinschlittern. Um mich abzusichern, schloss ich im Februar eine private Rechtsschutzversicherung ab.

Anfangs März musste ich mehrmals mit der Bank verhandeln, um sie zu bewegen, wenigstens Geld für die Löhne freizugeben. Oft sprach ich ihn zu diesem Problem an: «Siehst Du eigentlich nicht, dass Du in immer grössere Liquiditätsschwierigkeiten gerätst?»

«Was schwätzt Du von Liquidation? Du in Deinem Büropalast betreibst mit den Ordnern Selbstbefriedigung! Konzentriere Dich auf das Wesentliche!» schrie er mich zornig an, denn er verwechselte Liquidität mit Liquidation.

Was das Wesentliche war, sagte er allerdings nicht und behauptete kühn: «Die angeschlagenen Finanzen werden sich von selbst erholen. Wir brauchen nur Zeit und Geduld.» Der Gedanke, dass er der Bank Rechenschaft für den Geschäftsgang schuldete und zu sorgfältiger kaufmännischer Buchführung und Erfolgskontrolle verpflichtet war, schien ihm fremd. Schliesslich – so fand er – war das sein Geschäft, da hätte ihm niemand dreinzureden. Wenn das Geschäft schlecht ging, war das eben Pech und die Bank sein Schutzengel.

Mit dieser Einstellung konnte ich mich nicht abfinden. Meine Beziehung zum Inhaber verschlechterte sich zusehends.

Ich hatte mich mit all meinem Leistungswillen und meiner Sehnsucht nach Bestätigung in diese Sache verrannt. So konnte ich sie nicht stehen lassen. Deshalb telefonierte ich dem Schwiegervater meines Bruders, der auf meine brisanten Auskünfte hin sein Mandat als Verwaltungsrat unlängst abgegeben hatte.

Auf seinen Rat schrieb ich meinem Chef einen geharnischten, eingeschriebenen Brief, in welchem unter anderem zu lesen war: «...Vogel-Strauss-Politik bedeutet den Untergang. Das Jahr 1991 aufzuarbeiten, liegt vor allem in Deinem Interesse. Deshalb müssen alle das Jahr 1991 betreffenden Arbeiten mit Dir geklärt und koordiniert werden. Es ist für mich unverständlich, weshalb ausgerechnet ich mich nicht über Liquidität, Finanzplanung und Ausstände informieren sollte, wenn mir und auch Dir die beängstigenden Schulden bei der Bank bekannt sind. Du findest das

Lappalien, um die ich mich nicht kümmern sollte! Wo siehst denn Du meine Aufgaben? – Die üblichen Aufgaben eines kaufmännischen Leiters sind sie offenbar nicht.»

In den nächsten Tagen verlor er kein Wort über meinen Brief. Erst eine Woche später klopfte er bei mir an. Jetzt legte er seine Karten auf den Tisch: «Du, ich warte schon lange darauf, Dich endlich als Teilhaber begrüssen zu können. Dann kannst Du mitbestimmen.»

«Hältst Du mich wirklich für so blöd?» war meine Antwort. Ich hatte aus den Erfahrungen meines Bruders Roger gelernt. Auf diese Art von Bauernfängerei würde ich nicht hereinfallen.

Natürlich hätte auch die Bank mich gerne als Teilhaber gesehen: «Möchten Sie nicht in die Sache einsteigen, wir würden das sehr begrüssen?» meinte ihr Vertreter.

Es fiel mir aber nicht im Traum ein, mich an einem solchen Geschäft zu beteiligen. Damit war ich für J.S. erledigt. Den Gedanken, doch irgendwie an mein Geld zu kommen, gab er allerdings nicht auf. Er sann vielmehr auf neue Schliche.

Kurz danach kam er zu mir: «Du hast keinen Lohn und ich kann Dir auch keinen bezahlen, aber ich kann für Dich ein rassiges Cabriolet leasen.»

«Ich möchte lieber eine Entschädigung für meine Arbeit», entgegnete ich.

Darauf ging er nicht ein: «Entweder Du nimmst das Auto oder lässt es bleiben.»

Schöne Autos gefallen mir. Das hatte er offenbar gemerkt. Es gelang ihm, mich zu verführen. Fortan fuhr ich in einem dunkelblauen Audi-Cabriolet vor und erregte damit überall Bewunderung. Der schöne Wagen wurde für mich zum Symbol der Selbstbestätigung.

Inzwischen hatte ich mit Unterstützung von Brunos Schwiegervater erreicht, dass ein neuer Treuhänder mit den überfälligen Bilanzarbeiten betraut wurde. Einige Zeit später kam auch der neue Treuhänder zum Schluss, die Schuldenlast beider Garagen sei so gross, dass nach Obligationenrecht die Unterlagen beim zuständigen Bezirksgericht deponiert werden müssten. Diese Fakten wollte J.S. nicht wahrhaben. Der Treuhänder, ein Verwaltungsrat und ich machten ihn schriftlich auf die Folgen der Nichtbeachtung aufmerksam. Falls keine privaten Geldgeber gefunden werden könnten oder Gläubiger auf ihre Forderungen verzichteten, müsste der Tag bald kommen, an dem die Bank die leeren Versprechungen nicht mehr länger hinnähme. Die ungedeckten Verpflichtungen würden inzwischen grösser und grösser. Die Firma könnte mit ihrem Finanzgebaren in den Bereich krimineller Grobfahrlässigkeit hineinschlittern.

Ende April 1992 kam J.S. in mein Büro. Er vermied es, mich anzusehen, liess vielmehr seinen Blick in die entfernteste Ecke wandern und sprach in die Luft: «Das Mahnwesen funktioniert nicht. Auch ist die Bank mit Dir und Deiner Arbeitsweise gar nicht zufrieden. Überhaupt, einer ist hier überflüssig.» Jetzt warf er mir einen bösen Blick zu. Ich wusste nur zu gut, was er meinte, und das nicht erst seit heute, denn er fügte sichtlich erleichtert bei: «Endlich habe ich Dir offen meine Meinung gesagt.»

Ich entgegnete ruhig: «Gewisse Dinge sagt man nur einmal, das solltest Du wissen. Am Nachmittag bin ich nicht mehr hier.»

Spöttisch antwortete er: «Der Kapitän verlässt das sinkende Schiff.»

Lakonisch entgegnete ich: «Von wegen sinkendem Schiff? Dein Schiff ist schon längst ein löchriges Unterseeboot.» J.S. verliess den Raum. Ich machte mich daran, noch die dringendsten Arbeiten zu erledigen. Dann begann ich meine Sachen zu packen. Kurz vor zwölf Uhr erschien J.S. mit einem gedruckten Formular, schob es mir zu und bemerkte: «Das musst Du noch unterschreiben.»

Es ging dabei um das dunkelblaue Audi-Cabriolet und wie ich glaubte um den Leasing-Vertrag. Aufgeregt unterschrieb ich, ohne das Dokument genau durchzulesen. Es war gelungen, mich in letzter Minute zu legen.

Ich verstaute meine persönlichen Sachen im Auto. Der Chef kam aus dem Bürocontainer und schaute mir mit knallrotem Kopf zu. Ich sagte ruhig: «Falls Du das Büromobiliar käuflich erwerben möchtest, überlasse ich es Dir. Ich habe das mit der Bank abgesprochen, sie wird es bezahlen.» Er lehnte ab.

«Morgen lasse ich das Büromobiliar abholen», sagte ich darauf und fuhr weg. J.S. schaute mir verblüfft nach.

Anderntags habe ich das Mobiliar mit kleinem Einschlag Brunos Schwiegervater verkauft.

Einige Tage später ersuchte mich der Werkstattchef um ein klärendes Gespräch: «Ich kann Deinen Entscheid nicht verstehen!» meinte er und begann zu weinen. «Mach doch meinetwegen weiter. All mein Geld habe ich in diese Garage gesteckt und bin nun zu fünfzig Prozent beteiligt. Mein Geld ist verloren und was sonst noch alles kommt, weiss man nicht.»

Es fiel mir schwer, bei meinem Entschluss zu bleiben, doch ich hatte alle Brücken abgebrochen und es gab kein Zurück mehr. Dem Werkstattchef ist es danach schlimm ergangen. Anfangs 1993 wurde ihm gekündigt. Er hat sein Erspartes verloren und wurde arbeitslos. Ich aber war mit einem blauen Auge davongekommen.

Wenige Tage später erhielt ich in kurzer Folge drei Leasing- und zwei Kaufvertrage, auf die ich nicht einging. Eines morgens läutete es an meiner Tür. Da stand J.S.: «Lässt Du mich nicht eintreten?»

«Nein», entgegnete ich.

«Ich will jetzt sogleich zwanzigtausend Franken von Dir, sonst lasse ich den Wagen durch die Polizei abholen.»

Darauf ging ich nicht ein, denn Eigentümerin des Wagens war die Lieferfirma, der ich einen Monat später das Auto in einwandfreiem Zustand zurückgab.

J.S. gab sich damit nicht zufrieden und bedrängte mich weiter. Jetzt war ich froh um meine Versicherung. Der Anwalt sah sogleich, dass der Vertrag nicht korrekt ausgefüllt war und verschiedene Formerfordernisse fehlten. Der Vertrag, den ich so unbedacht unterschrieben hatte, war ungültig. Es konnten daraus keine Rechte abgeleitet werden. Ich habe grosses Glück gehabt.

Mit meiner Einschätzung der Finanzlage der Garagen sollte ich recht behalten. Anfangs Januar 1993 wurde über die eine der beiden Garagenbetriebe der Konkurs eröffnet, aber schon drei Wochen später mangels Aktiven wieder eingestellt. Drei Monate später erschien eine amtliche Ankündigung der Nachlassstundung über die Garage, in der ich gearbeitet hatte. Als das

Verfahren im November 1993 abgeschlossen wurde, mussten Gläubiger bis zu achtzig Prozent ihrer Guthaben abschreiben.

An meiner klaren Einschätzung der geschäftlichen Lage hatte es nicht gefehlt. Über den Inhaber hatte ich mir zwar Illusionen gemacht. Wider besseres Wissen hatte ich mich von der selbstherrlichen Unbekümmertheit und der Angeberei meines Chefs anstecken lassen. Erst als ich die Folgen sah, bekam ich noch eben rechtzeitig einen klaren Kopf, durchschaute ihn und handelte nach vernünftigen Einsichten.

Ein Mensch in meiner Situation ist verführbar und seine Sehnsucht nach einem Platz in der Gesellschaft macht ihn oft blind. Diese Geschichte zeigt, wie wichtig eine Rechtsschutzversicherung für hirnverletzte Menschen wäre. Sie lassen sich leichter überrumpeln als Hirngesunde. Ein solcher Rechtsschutz wäre im Rahmen der Bemühungen zur sozialen Neuorientierung gewiss sinnvoll. Sollte ein solcher Schutz nicht auf gesetzlicher Basis durch eine Kollektivversicherung in den Renten integriert werden?

Zwar hatte ich mich auf ein durch und durch fragwürdiges Unternehmen eingelassen, dabei aber viel gelernt. Es war mir gelungen, in meinem früheren Rhythmus zu arbeiten. Das hat meinen Glauben an eine bessere Zukunft gestärkt. Auch war der Klang meiner Sprache ausdrucksvoller geworden. Gleichzeitig gewann ich die Fähigkeit zurück, mich nach aussen zu wenden, was meinem angeborenen Naturell entsprach und mir weiterhin half, Vorurteile abzubauen.

Diese Arbeitserfahrung bestärkte mich in der Überzeugung, dass es für Menschen in meiner Situation kaum eine Chance auf dem Arbeitsmarkt gibt. Dabei war mein Wille, irgendwie wieder Fuss zu fassen, gross. Ich hatte geglaubt, durch einen bedingungslosen Einstieg meinem Leben neue Perspektiven geben zu können. Die Hoffnungen hatten sich in Luft aufgelöst, ja, ich war nur knapp bedenklichen Folgen entgangen.

Langsam reifte in mir der Entschluss, mich vorerst weiterzubilden und alte Kenntnisse aufzufrischen. Besteht nicht das ganze Leben aus Bildung? Warum sollte ich mich nicht weiterbilden, um so elegant den Weg der Arbeitsuche zu umgehen und trotzdem eine anspruchsvolle Tätigkeit zu haben? Noch immer lebe ich in der Angst vor Vorurteilen und ablehnenden Reaktionen. Würde ich Arbeit suchen, müsste ich froh sein, irgend eine Beschäftigung zu finden. Diesen Gedanken ertrage ich nicht. Deshalb werde ich eine Schule suchen, deren Aufnahmebedingungen ich erfülle und die mir einen interessanten Schulstoff vermittelt.

Ich meine, es müsste einmal ein sehr grosser Schmerz
über die Menschen kommen,
wenn sie erkennen, dass sie nicht geliebt haben,
wie sie hätten lieben können.

Christian Morgenstern

Playboy oder Mönch?

Ein Playboy mit dem Gehabe eines Machos war ich zwar nie, aber ich habe mich gerne und geschickt mit Frauen abgegeben. Mit 24 Jahren war ich beruflich recht erfolgreich und spielte den Charmeur. Das Ergebnis war nach meinem Geschmack: Unbekümmert und stets zu Spässen aufgelegt, liess ich mich mit Vergnügen mit jedem netten Mädchen manchmal ein bisschen mehr, manchmal ein bisschen weniger ein. Unter Kollegen hiess es: «Wenn es um Frauen geht, kennst du keine Kollegen mehr.» Den Kopf voller Flausen, im richtigen Moment aber klar bleiben, war meine Devise.
Erst unmittelbar vor meiner Erkrankung wurde ich wie besessen von Sex. Auf der Suche nach Gelegenheiten hing ich bis früh in den Morgen hinein in Bars herum. Heute lache ich darüber, denn echte Freude waren diese Abenteuer nie, zu sehr war ich mir fremd geworden. Vielleicht ahnte ich die zweijährige Durststrecke, in der mir nur Erinnerungen blieben.
Eines Tages ging ich in das Coiffeurgeschäft meiner Tante, um Haare zu schneiden. Mir war dort schon lange eine junge, rassige, schwarzhaarige Angestellte aufgefallen. «Das wäre etwas für mich», dachte ich. Im Geschäft wandte ich mich sogleich an das Mädchen. Sie fragte: «Was willst Du?» Ich antwortete: «Eine Dauerwelle am Schienbein.» Sie lachte. Schnurstracks packte ich die Gelegenheit und vereinbarte ein Rendezvous. Ich wusste, dass sie wenig später Geburtstag hatte. So lud ich sie nach W. ins Restaurant Hongkong ein. Dort stand schon ein vorbestellter

riesiger Strauss auf dem Tisch. C. hatte vor Freude Tränen in den Augen. Ein wenig später entschuldigte ich mich, um im Handschuhfach des Autos mein Geschenk zu holen: eine selbst verfasste Wunschliste, aus der sie sich ein Programm zusammenstellen konnte. Von der Schiffahrt zum Nachtessen bei Kerzenlicht bis zum Aufräumeplausch bei mir zu Hause war alles enthalten. C. war sehr gerührt: «Etwas Persönlicheres hättest Du mir nicht schenken können.» Der Abend wurde zu einem grossen Erfolg. Nachdem wir uns noch ein bisschen im Dancing Big Ben vergnügt hatten, brachte ich sie um zwei Uhr morgens nach Hause. Dort setzten wir das Fest fort.

Danach trafen wir uns regelmässig. Bald traten die ersten Probleme auf. Ein Reibungspunkt war der freie Montag von C. Sie konnte nicht verstehen, dass ich mir diesen Tag nicht hin und wieder freimachte. Montags war aber die Gemeindeverwaltung bis um halb sieben Uhr geöffnet, da konnte ich schlecht fehlen. Oft folgte noch eine Sitzung, dann war erst um neun Uhr Feierabend. Auch mich begann einiges an meiner Freundin zu stören. Sie hatte ein sehr spontanes, schallendes Lachen, sodass sich andere Gäste im Lokal nach uns umschauten, was mir gar nicht gefiel. Sie fuchtelte zudem in ihrer lebhaften Art im Eifer des Gesprächs mit Messer und Gabel. Ich sagte ihr offen, das störe mich und andere sicher auch. Da war sie sehr verletzt und wurde zornig. Danach versuchte sie, sich besser anzupassen, was ihr nicht recht gelingen wollte. Sie verlor ihre Lebhaftigkeit und war gehemmt.

Vier Wochen vor meiner Erkrankung löste ich die Verbindung. C. hat später einen Handwerker geheiratet und hat heute zwei Kinder. Im Juli 1993 lud ich sie nochmals zu einem Mittagessen ein. Ich fand sie noch immer sehr hübsch. Auch schien mir, sie hätte die Gewohnheiten, die mich so störten, abgelegt. Vielleicht war ich weniger kritisch geworden. Sie ass mit grossem Appetit unsere gute Mahlzeit. Damit war mein schlechtes Gewissen gestillt und meine Neugier auch. Die Wunschliste jedoch, die ich ihr einst schenkte, blieb offen.

Kurze Zeit nach der Auflösung dieser Beziehung luden mich mein Zwillingsbruder und seine spätere Frau Petra ins Restaurant Turm in Zürich ein. Dort erwartete uns schon eine attraktive Freundin von Petra. Bei ihrem Anblick lief mir ein Schauer über den Rücken. Dann wieder glaubte ich auf einem Vulkan zu sitzen. Ich dachte an einen unbestellten Acker und an den Pflug, der ihn bestellt.

Nach dem Frühstück meinte mein Bruder: «Das wäre doch eine Frau nach Deinem Geschmack; sie ist solo. Ihr könntet am Nachmittag etwas zusammen unternehmen.» Da erlosch in mir das Feuer. «Ich bin sehr müde und möchte lieber nach Hause», war meine ablehnende Antwort. Mein Bruder traute seinen Ohren nicht. Er war sichtlich enttäuscht, während die beiden Frauen mich mit merkwürdigen Blicken streiften. Auch für mich war meine plötzliche Müdigkeit rätselhaft. Im Nachhinein erinnere ich mich an andere, ähnliche Erlebnisse plötzlicher Leere und Erschöpfung. An Krankheit dachte ich dabei nie.

Vieles an meiner Krankheit bleibt für mich rätselhaft. Oft blätterte ich später in meinem Notizbuch aus dem ersten Krankheitsjahr. Dabei stiess ich einmal auf eine seltsame Notiz. Da stand: «Errektion» und «Pfarrer». «Das hat doch nichts Gemeinsames!» dachte ich überrascht. Dann erinnerte ich mich daran, wie sehr die Vorstellung, meine Männlichkeit verloren zu haben, mich ängstigte. Ich wusste so wenig über meine Krankheit und konnte mit niemandem darüber sprechen. Ich versuchte, mir auszureden, dass ein solcher Verlust bittere Tatsache sein könnte.

Jetzt erinnere ich mich auch, wie die Assoziation mit Pfarrer zustandekam. Ein Besuch des Spitalpfarrers hatte mir grossen Eindruck gemacht. Ratlos stand er an meinem Bett und brachte kein einziges Wort über die Lippen. Mich dünkte, er wolle mir die letzte Ölung salben. Wenn ich früher beruflich mit hilfesuchenden Menschen zu tun hatte, sprach ich ihnen zu. Jetzt brauchte ich selber Zuspruch. Dieser Theologe aber stand stumm und hilflos an meinem Bett. Fragte er sich, welche Lebensaufgabe sein «Arbeitgeber» einem Verzweifelten wie mir zuweisen könnte? Zu meinen Grundbedürfnissen konnte er mir kaum einen Weg weisen. Hätte er überhaupt etwas zu meiner Neuorientierung beitragen können? Ich denke: sicher nicht.

Im Spital weigerte ich mich, irgend eine junge Kollegin zu mir zu lassen. Einzig die Schwester meiner Schwägerin durfte mich besuchen. M. hat während der Zeit im Spital von allen meine Sprache am besten verstanden. Akustisch verstanden werden war für mich beinahe wie eine Wiedergeburt. Manchmal brauchte es keine Worte, Blicke genügten.

Kurz nach meiner Heimkehr aus Valens rief mich B. an. Ich kannte sie schon lange, denn wir waren vom Kindergarten bis zum Abschluss der Berufslehre zusammen zur Schule gegangen. Wir hatten lange eine rein freundschaftliche Beziehung, die mit der Zeit intim wurde. Damals wollte sie meinetwegen ihren Freund, einen meiner Kollegen, verlassen. Ich konnte damit nicht einverstanden sein. Sie wünschte, dass ich bei ihr einziehe. Der Vorschlag überforderte mich. Lieber wollte ich weiter zu Hause wohnen. Dennoch haben wir wunderschöne Zeiten miteinander verbracht. Das war Jahre vor meiner Erkrankung. Jetzt hörte ich erstmals wieder von ihr. Sie verabredete sich mit mir in meiner Wohnung. Die Probleme in unserer Beziehung waren in der Zwischenzeit nicht kleiner geworden. Sie war nun schon seit ein paar Jahren verheiratet und Mutter von zwei Kindern. Trotzdem empfing ich sie herzlich. Wir genossen einige wenige, kurz scheinende Abende, geprägt von Zärtlichkeit und Liebe. Das erste Mal nach Spital und Rehabilitation stellte ich fest, dass ich meine Männlichkeit nicht verloren hatte. Sie meinte dazu: «Wir kennen uns schon zwanzig Jahre, das ist eine lange Zeit. Du solltest wissen, dass Du in meinem Herzen immer lebst.» Wir haben dann die Beziehung mit Vernunft gelöst, bevor es zu einer wohl unheilvollen Verstrickung kam.

Die Kur in Valens lag einige Zeit zurück. Ich wohnte bereits in W., als die Schwester meiner Schwägerin zu einem Sprachaufenthalt nach Paris ging. Mein Zwillingsbruder und meine Schwägerin planten, sie zu besuchen. Sie fragten mich, ob ich sie nicht begleiten und danach eine Woche in Paris bleiben möchte. Ich willigte ein. Am Wochenende stiegen wir dann gemeinsam auf die Tour Montparnasse. Dort habe ich versprochen, dass ich alle einladen werde, in luftiger Höhe mit einem Glas Champagner auf meine Wiedergeburt anzustossen, wenn ich eines Tages wieder so sprechen könne, dass es mir nicht mehr auffällig erscheint. Dieses Versprechen blieb bis heute offen.

Nach dem Wochenende fuhren Bruno und Petra nach Hause, während ich in der kleinen Wohnung im Quartier Nation blieb. M. ging tagsüber in die Schule, ich verliess bei herrlichem Wetter allein das Haus. In der Anonymität der grossen Stadt verlor ich meine Scheu vor Menschen. Ich fuhr mit Metro und Bus, schaute mir Sehenswürdigkeiten an, setzte mich in Boulevard Cafés und beobachtete die Leute, die vorbeigingen. Manchmal begleitete mich M. auf meinen Rundgängen. Ich genoss endlich wieder die Gesellschaft einer jungen Frau, die Sympathie weckte und Ausstrahlung besass.

Hier in Paris fühlte ich mich endlich wieder selbständig. Durch das viele Marschieren wurde die Durchblutung im gelähmten Fuss gesteigert. Ich spürte während der ganzen Woche eine wohltatige Wärme. So gewann ich Selbstvertrauen. Das war sicher das Verdienst von M. Abends sprach sie oft stundenlang mit mir. Sie hat es verstanden, mich bei guter Laune zu halten.

Ein positives Erlebnis besonderer Art war die Begegnung mit K. Sie war eine 20jährige sehr intuitive Persönlichkeit, die rastlos auf der Suche nach Abenteuern und gleichzeitig nach echten Lebenswerten war. Diese Werte glaubte sie einst in mir zu finden. Im Schicksalsjahr war sie meine Sekretärin. Damals nahm ich sie kaum wahr. Ich nützte ihre Zuneigung unbekümmert aus, was sie verletzte.

Plötzlich lag ich im Spital und hatte keine Frau mehr an meiner Seite. Da hätte ich viel dafür gegeben, wenn ich den Gefühlen von K. mehr Sorge getragen und diese aufrichtige Beziehung nicht so leichthin abgebrochen hätte. Für sie wäre meine Krankheit wohl kein Prüfstein gewesen, weil ihre Gefühle tief gründeten. Während der Rehabilitation in Valens achteten die Eltern meinen Wunsch, Besuche von mir fernzuhalten. Eines Tages brachte der Postbote eine grosse Grusskarte. Sie war von K.: «Du kannst machen, was Du willst, ich werde Dich besuchen.» Ich weinte, hatte Angst vor einem solchen Besuch, wünschte ihn doch herbei und schwieg trotzdem. Aus mir unverständlichen Gründen kam sie nicht. Ich war froh und gleichzeitig bitter enttäuscht.

Alle Karten mit Genesungswünschen, die mich im Spital und in der Rehabilitation erreicht hatten, bewahrte ich auf. Wieder zu Hause las ich sie alle, auch jene Karte von K.: «Wie mag es wohl in ihrem Leben heute aussehen? Arbeitet sie noch in der Gemeinde? Ist sie vielleicht bereits verheiratet und hat sie gar Kinder?», fragte ich mich. Jetzt wollte ich diese Frau unbedingt wieder sehen und mit ihr sprechen. Doch erst acht Monate später rief ich sie mit Herzklopfen und Bauchschmerzen an. Eineinhalb Jahre nach meinem Schicksalsschlag überkam mich Verlangen nach ihrer Gesellschaft. Sie war über meinen Anruf völlig verblüfft. Die Überraschung schien sie zu verwirren. Sie nahm jedoch meine Einladung zu einem Apéro spontan an. In einem Gartenrestaurant am Zürichsee unterhielten wir uns dann über Vergangenes. K. prophezeite mir eine erhebliche Besserung meines Zustandes. Von ihr konnte ich diese Prophezeiung annehmen, sie war ehrlich gemeint. Auf der Heimfahrt fühlte ich mich glücklich. Dann verloren wir uns wieder für acht Monate aus den Augen. Erneut rief ich sie an. Diesmal verbrachten wir einen gemütlichen Abend bei mir zu Hause. Wieder hörten wir acht Monate lang nichts mehr voneinander. Eine Chance, die man vertan hat, kehrt selten wieder.

Mein Weg der Neuorientierung wird sein Ziel erst gefunden haben, wenn es mir gelingt, eine bleibende Beziehung aufzubauen. Allein durchs Leben zu gehen, belastet mich. Tabus scheinen mir in einer Partnerschaft bremsend. Gefühle, Eindrücke, Freude und Leid teilen ohne vom anderen Besitz zu nehmen, ihm den nötigen Freiraum und die Luft zum Atmen geben, wäre wünschenswert. Immer möchte ich am Leben meiner Partnerin teilhaben, mit positiver Einstellung Probleme lösen und vor allem mit ihr sprechen.

Auf dem Weg durchs Leben
kann man den Wind nicht immer im Rücken haben.

———————

Sprichwort

Das Leben nimmt Gestalt an

Freitag, 28.8.1992
Das Leben meiner Familie bewegt sich auf normalen Geleisen. Auch ich werde immer wieder einbezogen. Heute hat mir Bruno voller Stolz telefoniert: «Du, ich habe eine zweite Tochter. Sie heisst Michèle.»
Ich erinnere mich an die Geburt von Fabienne im Mai 1990. Damals lebte ich völlig isoliert in meiner alten Wohnung in B. und suchte verzweifelt einen Neubeginn. Mein Bruder und die Schwägerin hatten mich gefragt, ob ich Pate sein möchte. Ich aber lehnte ab, weil ich mich völlig überfordert fühlte. Ich konnte nicht ertragen, dass mein Zwillingsbruder glücklicher Familienvater, ich aber ein menschliches Wrack geworden war. Meine Behinderung hatte zuviel Distanz zu Gesunden geschaffen, die Auflehnung gegen mein Schicksal war zu heftig, die Verbitterung zu gross, ich schaffte es nicht, mich am Glück anderer zu freuen, ich konnte mich nur absetzen und verkriechen. Damals antwortete ich: «Diese Verantwortung kann ich nicht übernehmen.» Bruder und Schwägerin waren verletzt. Sie verstanden meine Absage nicht. Heute nehme ich die Aufgabe als Pate mit Freude wahr. Wie hat sich doch alles zum Besseren gewendet!

Freitag, 4.9.1992
Seit einigen Wochen beschäftige ich mich mit der Idee, eine Firma zu gründen. Ich denke an eine Firma für Unternehmens-

127

beratung. Ich versuche, meinen Bruder Bruno, einen Freund, der Computerspezialist ist, und einen Cousin, der vor dem Abschluss der Ausbildung zum Treuhänder steht, zu gewinnen. Heute abend ist die erste Besprechung.

Samstag, 5.9.1992
Die Besprechung hat bei mir zu Hause stattgefunden. Mein Freund und mein Bruder diskutieren meine Ideen und Vorschläge mit mir. Sie äussern sich positiv, Dann entscheidet mein Bruder: «Mit meiner Familie auf eine gesicherte Existenz verzichten, kann ich nicht.» Auch mein Freund hat Familie. Er schwankt zwar, aber mein Bruder hat schon den Ausschlag gegeben. Mein Plan ist gescheitert. Verkenne ich vielleicht noch immer die Wirklichkeit?

Montag, 7.9.1992
Heute habe ich wieder mit Bi an meinem Buchtext gearbeitet. Wir haben auch meine anderen Pläne besprochen. Wieder hat sie mich darauf hingewiesen, dass ich die Vorurteile der Menschen gegenüber Hirnverletzten nicht fortzaubern könne: «Warum machen Sie nicht erst eine normale Zusatzausbildung mit Diplom in einer Privatschule? Dann hätten Sie etwas vorzuweisen und kämen wenigstens ins Vorzimmer eines Personalchefs.» Dieses Argument leuchtet mir ein. Vorerst denke ich an eine berufsfremde Ausbildung. Mich würde die Tätigkeit eines eidgenössisch diplomierten Marketingplaners interessieren. Ich gebe diese Idee aber wieder auf. Auch Bi meint, ich sollte meine bisherige Berufserfahrung gezielt in die neue Ausbildung einbeziehen und nicht etwas völlig anderes beginnen. Es ist schwierig, meinen Wunsch nach einem neuen, erfüllten Leben und die Gestaltung eines beruflichen Neubeginns innerlich auseinanderzuhalten.

Donnerstag, 17.9.1992
Seit Tagen schmiede ich Zukunftspläne. Es scheint mir richtig, mich weiterzubilden und ein Diplom zu erwerben. Ich habe schmerzlich erfahren müssen, dass frühere Berufsausweise durch meine Krankheit ausser Gültigkeit gesetzt wurden.

Auf der Suche nach einer möglichen Schule, rufe ich da und dort an und verlange Unterlagen. Heute um zwei Uhr habe ich ein persönliches Gespräch mit einem Schulleiter. Das ist für mich ein grosser Augenblick.

Die Schule gefällt mir. Prüfungsarbeiten können auf einem PC mit dem Programm WORD durchgeführt werden. Das ist eine Hilfe, denn ich komme inzwischen mit Schreiben auf dem PC viel besser zurecht als von Hand. Ich habe für mich ein persönliches Fünffingersystem für die linke Hand entwickelt. Es ermöglicht mir fehlerloses und flüssiges Schreiben auf dem PC. Die rechte Hand setze ich nur noch für Umschaltungen ein. Mit handschriftlichen Notizen komme ich nicht zurecht. Die Bewegungsschwierigkeiten verlangen zuviel Aufmerksamkeit, dadurch komme ich mit den Inhalten in Bedrängnis. Bis ein Gedanke von Hand aufgeschrieben ist, ist der nächste weg. Jetzt tragen meine mühsam erkämpften Erfahrungen als PC-Anwender Früchte.

Freitag, 18.9.1992
Ich lebe in Erwartung des Schulbeginns (anfangs November 1992). Die zwei Semester dauernde Ausbildung für angehende Kaderleute umfasst die Fächer Rechnungswesen, Rechtskunde, Marketing, Betriebswirtschaft, Unternehmensorganisation und Volkswirtschaftslehre. Ergänzend wird Informatik, Managementlehre, Personalwesen, Rhetorik und Arbeitstechnik gelehrt. Nach zwei Semestern folgt eine sechsstündige Prüfung über alle Fächer mit Diplom. Ich bin begeistert und plane schon eine Fortsetzung. Ob die Sozialversicherung Beiträge an die Schule leistet? Sicher traut sie mir diesen Schulabschluss gar nicht zu. Die Sozialversicherung zahlt nur, wenn nach Abschluss eine mindestens fünfzigprozentige Berufstätigkeit gewährleistet ist. Ich kann von den Renten der Beamten- und der Sozialversicherung gut leben und mir für einen Neubeginn Zeit lassen.

Montag, 21.9.1992
Ich habe den Fernseher eingeschaltet. Im Programm läuft eine Reportage über die Parolympics. Behinderte erbringen Spitzenleistungen! Ein Athlet mit Fussprothesen läuft in einem Rennen

eine sensationelle Zeit. Schwerbehinderte machen die Welt staunen. Das gibt mir den Mut, endlich wieder etwas für meine Fitness zu tun. Früher dachte ich: Wenn ich einmal nicht mehr Skilaufen könnte, wäre so viel verloren, dass ich am Leben keine Freude mehr hätte. Jetzt sehe ich, dass auch ein Behinderter erfolgreich Sport treiben kann. Ich beschliesse, ein Fitnesscenter aufzusuchen und vereinbare für den gleichen Tag einen Termin. Um zwei Uhr mache ich mich auf den Weg. Das Fitnesscenter liegt in einem einstöckigen Gebäude neben einer Werkhalle. Im Empfangsraum erwartet mich der Fitnessleiter, ein grosser, kräftiger junger Mann. Im Fitnessraum steht eine lange Reihe von Maschinen. Sie sind systematisch angeordnet, so dass für sämtliche Muskeln in ausgewogener Weise Übungen durchgeführt werden können. Hier ist der Kraftraum nicht für Bodybuilding ausgerüstet, sondern für Leute, die Ausdauer trainieren wollen. Unzählige Spiegel zaubern eine optische Vergrösserung herbei.

Heute trainieren hier drei Hausfrauen. Zu meinem Erstaunen klärt mich der Fitnessleiter erst einmal über anatomische Gegebenheiten auf. Er führt mich von einer Maschine zur anderen und zeigt mir, bei welchen Übungen ich die Zahl der Wiederholungen erhöhen muss, um die Kraft zu steigern. Die Einführung dauert über drei Stunden. Ich bin beeindruckt und schliesse einen Jahresvertrag ab. Der Zeitaufwand pro Training beträgt inklusive Sauna und Hallenbad jeweils drei Stunden. Kosten und Aufwand an Schweiss sind mir nicht zu viel. Ich träume noch immer davon, im Winter wieder auf den Brettern zu stehen.

Ich stelle mich der Herausforderung des «Stair-Masters». Er ermöglicht ein künstliches Treppensteigen, bei dem das Tempo variiert werden kann. Ich trete mit beiden Beinen an Ort, drücke die Pedale durch, damit die Hydraulik die Pedale wieder nach oben bringt, und weiter geht's. Ich beginne mit fünf Minuten. Ich kontrolliere bewusst das rechte Bein, damit es in der Streckung nicht mehr nach hinten ausschlagen kann. Der «Stair-Master» zeigt an, dass ich nur gehe; bald werde ich rennen. Nie würde ich für solche Übungen Treppen aufsuchen, hier füge ich mich dem Programm. Tatsächlich habe ich es dann nach sechs Monaten auf fünf Minuten schnelles Treppensteigen gebracht.

Dienstag, 22.9.1992

Ich besuche meinen Hausarzt. Die Beamtenversicherungskasse hatte 1988 bei ihrer ersten Verfügung festgehalten, dass nach vier Jahren eine Rentenrevision durchzuführen sei. Im kommenden November muss ich mich daher einer Überprüfung stellen. Hoffentlich unterscheidet sich diese Amtsstelle von derjenigen der Sozialversicherung. Mein Hausarzt ist der Meinung, man sollte mir die Renten nicht kürzen, da ich voll arbeitsunfähig sei. Trotzdem versuche ich, mit Weiterbildung einen beruflichen Neubeginn zu finden. Man sollte mir dazu genügend Zeit lassen. Ich bin froh, dass er sich bei der Beamtenversicherungskasse für mich einsetzen will.

Samstag, 26.9.1992

Am Silvesterabend 1991 versprach mir Susan, eine Kollegin meiner Schwägerin, ein selber gemaltes Bild, wenn ich ihr mein Buch übergeben kann. Heute traf das Bild ein. Irgendwann in nächster Zeit sollte ich auch mein Versprechen einlösen und das Buch abschliessen.

Es ist ein kleines Bild (35 x 25 cm), eine Mischung aus Collage und Malerei. Auf die Leinwand wurden Bruchstücke eines Spiegels geklebt, die Raumelemente reflektieren. In die freien Zwischenräume sind mit Ölfarbe Blautöne aufgetragen und mit einem Kamm gestaltet. Das Bild wird für mich zum Symbol meiner eigenen zerbrochenen Welt. Irgendwann sollten auch für mich all die Splitter wieder zu einem Ganzen zusammenwachsen. Bi sagt, ich müsse versuchen, durch den Einsatz erhaltener Fähigkeiten Verluste auszugleichen, um wieder ins Lot zu kommen. Ein Mensch, der einer geregelten Arbeit nachgeht, kann nicht nachfühlen, was ausgegrenzt sein bedeutet und wie einsam es machen kann.

Donnerstag, 1.10.1992

Ich habe mit Bi von neun bis zwölf Uhr an meinem Buch geschrieben. Als ich zu ihr kam, sagte sie, ich solle mich setzen, denn sie habe eine unerfreuliche Nachricht. Sie hätte mit einer Freundin Kontakt aufgenommen, die mit dem Leiter eines Verlags verheiratet sei. Die Freundin sei bereit, unser Manuskript zu lesen. Zu viele Hoffnungen dürfe ich mir aber nicht machen. Die Leute hätten meist völlig falsche Vorstellungen vom Schreiben. Ein gutes Buch lese sich so einfach und sei so schwierig zu schreiben. Die Veröffentlichung meines Werkes liege völlig im Ungewissen. Das Buch müsste nicht nur gut geschrieben sein, es müsste auch in ein Verlagsprogramm passen. Der Umfang sollte möglichst 200 Seiten betragen, aber einfach Kapitel auszuwalzen, bringe gar nichts. Dabei würden Stil und Aussagekraft nur leiden.

Wir sind im Manuskript erst auf Seite 112 angelangt und Bi meint, davon sei vieles noch nicht brauchbar. Eigentlich ist diese Mitteilung niederschmetternd. Vorerst höre ich aber weder Vorbehalte noch Skepsis, ich höre nur: meine Arbeit geht an einen Verlag und ich antworte: «Ich bin nicht so naiv zu glauben, dass gleich der erste Verlag mein Buch akzeptieren wird. Ich habe gelernt, dass ein Buch zu schreiben nicht einfach ist, auch wenn man etwas zu sagen hat.» Bi schweigt dazu. Sie ist sichtlich erleichtert, dass ich ihre Mitteilung so gelassen hinnehme. In Wirklichkeit bin ich doch enttäuscht und verunsichert. Ich glaube nicht, dass Bi das bemerkt hat. Sie fühlte sich nur von einer grossen Sorge entlastet.

Schon seit Monaten arbeite ich auf mein Ziel hin: Meine Erfahrungen und Gedanken in einem Manuskript zu kristallisieren, das den Namen «Buch» verdient. Jeden Donnerstag diskutiert Bi während Stunden jeden Abschnitt mit mir. Ich nehme dann neu erwachte Erinnerungen, Ergänzungen, Änderungen und Streichungsvorschläge nach Hause, um sie zu verarbeiten. Bi sagt: «Jeder Schriftsteller muss genau so oft wie wir über sein Manuskript, wenn daraus etwas werden soll. Man kann sich nicht einfach hinsetzen und schreiben und meinen, nach 180 Seiten wäre man am Ziel. Daraus könne kein Buch entstehen.» Was Bi damit meinte, habe ich erst nach und nach begriffen. Mit der Zeit hat sich für mich unsere Arbeit am Buch in einem Bild kristallisiert: «Am Gerippe eines Manuskripts zu arbeiten gleicht dem Bau eines künstlichen Sees. Viele Bergbäche müssen gefasst, hergeleitet und durch eine gewaltige Mauer gestaut werden. Erst dann wird der Stausee randvoll. In den Turbinen, welche das abfliessende Wasser in Elektrizität umwandeln, sehe ich die Arbeit des Lektors, der das Manuskript für eine Publikation reif macht.»

Freitag, 2.10.1992
Einmal ein Buch zu schreiben, ist ein alter Wunsch von mir. Schon früher habe ich davon geträumt. Dann sagte ich wohl zu einem Arbeitskollegen: «Du wirst sehen, ich schreibe einmal ein Buch.» Nun geht dieser Traum vielleicht in Erfüllung.
Heute verlässt mich jedoch der Mut. Ich denke: «Ein zweites Mal würde ich kaum versuchen, ein Buch zu schreiben. Ich habe die Schwierigkeiten und den Aufwand unterschätzt. Aber hätte ich ohne das Buch mein Schicksal auch so stetig verarbeiten können? Ich glaube nicht.
Das Buch ist für mich wie ein grosser, wichtiger Schulaufsatz, durch den ich wieder und wieder gehe, weil etwas Wesentliches mitzuteilen ist und alles lebensnah gezeigt werden muss. Dabei muss ich mich immer wieder meinen Erinnerungen stellen. Das ist hart und bringt mich seelisch oft ins Abseits. Gestern fuhr ich mit Tränen in den Augen von Ue. (Bi wohnt dort) nach W. «Was soll das alles?» dachte ich. «Was gehen andere Leute meine Erlebnisse, Gedanken, Schmerzen, Sorgen an?» Und doch spüre ich, dass ich da irgendwie durch muss. Plötzlich wird mir auch bewusst, wieviel Freizeit, Glauben und persönlichen Einsatz Bi nun schon über ein Jahr ohne Lohn an dieses Werk gegeben hat. Da darf ich doch nicht einfach aufgeben. Ich muss vorwärts gehen, auch wenn der Weg sich vorerst im Dunkeln verliert. Ich muss am Glauben festhalten, durch das Buch werde mir ein neues Leben geschenkt.

Jede Krise hat nicht nur ihre Gefahren,
sondern auch ihre Möglichkeiten.

Martin Luther King

Macht und Ohnmacht der Psychologie

Montag, 5.10.1992
Seit der Hirnblutung hat sich immer wieder ein heftiges Zittern meiner rechten Hand als überaus lästig erwiesen. Erst verkrampfen sich die Muskeln am Schultergelenk, dann beginnt meine Hand und mein Arm unkontrolliert zu zittern. Diese auffällige Störung kann mich jederzeit überfallen. Ich fühle mich dann besonders hilflos und ausgesetzt. Zwar trat dieses Zittern in den letzten Monaten zusehends seltener auf, doch wünsche ich sehr, es ganz loszuwerden. Wieder versucht meine Mutter, mir zu helfen. Sie erkundigt sich in ihrem Bekanntenkreis nach Möglichkeiten der Behandlung. Eines Tages gibt ihr ein Tenniskollege meines Vaters die Adresse einer Heilpraktikerin, bei der dieser Kollege und seine Familie Hilfe suchen, wenn sie menschlich nicht zurechtkommen oder sich körperlich schlecht fühlen. Der Kollege meines Vaters denkt, die Heilpraktikerin V. könnte vielleicht mein Zittern zum Verschwinden bringen. Von meiner Mutter erfahre ich weiter, dass sie an Multipler Sklerose leidet. Sie sei deshalb im Rollstuhl. Kurz entschlossen rufe ich an und vereinbare auf den nächsten Freitag einen Termin. Schon am Telefon erhalte ich den Eindruck, dass V. sehr gut zuhören kann.

Donnerstag, 8.10.1992
Morgen werde ich meine neue Therapie beginnen. Ich bin voller Hoffnung und glaube, vieles könne besser werden. Ich lasse

mich gerne überraschen. Ach, wenn das erträumte Wunder doch einträfe!

Freitag, 9.10.1992
Um zwei Uhr fahre ich zu meiner neuen Therapie. Zum ersten Mal denke ich nicht mit Skepsis und Vorbehalten an Therapie und Therapeuten – ich gehe einfach hin. Nach zwanzig Minuten Fahrt finde ich in einer Siedlung am Rande des Dorfes die Adresse. Ich kenne den Weg. Ein bisschen weiter oben am Hang liegt ein Dancing, das ich früher öfters mit Kollegen besuchte. Für Momente blitzen Erinnerungen an die hübschen Mädchen auf, die ich jeweils in jenem Lokal traf. Sie kamen aus allen Windrichtungen der Landschaft und waren nicht so abgebrüht wie die Mädchen in der Stadt. So ergab sich jeweils manch lustiges Gespräch, und wir blieben immer sehr lange.
V. wohnt im Hochparterre eines Mehrfamilienhauses. Im Treppenhaus halte ich einen Augenblick inne. Vor meinen Augen erscheint der Rollstuhl, meine Zeit im Rollstuhl. Ich denke an die zahllosen Hindernisse, denen ich begegnet war, an die damit verbundenen Frustrationen. Die Wohnung scheint mir für jemanden mit Rollstuhl schlecht gewählt. Erwartungsvoll läute ich. Die Wohnungstüre öffnet sich, ein wohliger Duft von Kerzen kommt mir entgegen. Im Korridor empfängt mich klassisch elegant gekleidet eine hübsche, zierliche Frau im Rollstuhl. Wir begrüssen uns. Dann zeigt sie mir ihre kleine, aber geschmackvoll eingerichtete Wohnung. Die Ratanmöbel und die vielen Grünpflanzen erinnern mich an Fernöstliches. Wir setzen uns im Wohnzimmer an einen kleinen runden Tisch. Ich erlebe V. als eine verständnisvolle und einfühlsame Frau – eine echte Zuhörerin. Das ist für mich ein grosses Erlebnis. Endlich sitze ich jemandem gegenüber, der mir während des Gesprächs in die Augen schaut und den Blick nicht verlegen umherschweifen lässt. Ich fühle mich verstanden. Sie selbst meint etwas später dazu: «Unser Rendezvous ist kein Zufall, das sieht man schon daran, dass Du den Weg zu mir sogleich unter die Füsse genommen hast.»

V. erzählt von eigenen Erfahrungen: «Auch ich denke mit Schrecken an die Zeit in der neurologischen Abteilung des Universitätsspitals. Ich lehne die Schulmedizin ab, doch ging ich gefestigt aus dieser harten Zeit hervor.» Sie ist gleich alt wie ich und strahlt Intelligenz, Reife und Überlegenheit aus, was ich ihr offen sage. «Das macht mich für viele Menschen unnahbar», vertraut sie mir an. Die überdurchschnittliche Reife muss sie in ihrem Kampf gegen die heimtückische Krankheit gewonnen haben, denke ich. Sie sagt: «In der Behinderung sehe ich eine Chance. Durch sie wurde mir ein zweites Leben gegeben.»

Die tiefgründigen Gespräche dauern drei Stunden. Sie sind für mich nicht einfach. Doch V. überzeugt mich, dass die Verarbeitung von Vergangenem nicht durch Schreiben bewältigt werden kann. Ich weiss nun, dass wir zusammen durch ein finsteres Tal gehen werden, am Ende des Weges leuchtet mir ein Licht entgegen.

Dem Gespräch folgt ein körperzentrierter Therapieteil. Meine neue Therapeutin praktiziert Reiki-Therapie, bei der sich der Patient hinlegt und die Therapeutin durch Auflegen der Hand psychische und physische Entspannung und Beruhigung anstrebt. Diese körperzentrierte Therapie erlebe ich als sehr wohltuend, indem die im Gespräch hervorgebrachte Trauer durch das Auflegen der Hand verdrängt werden kann. Ich denke: «Die frühere Situation ist verarbeitet.» Von der Stelle, wo V. mir ihre Hände auflegt, strahlt Wärme in meinen Körper aus. Sie erklärt mir, jetzt müsste ein Gewirr sich gelöst haben, die psychischen Energien könnten wieder frei fliessen.

Ich verlasse den Ort mit dem Gefühl, etwas Gutes erfahren zu haben. Künftig werde ich zweimal pro Woche zur Therapie hierher kommen. Erfüllt von Hoffnung, erwärmt von Glücksgefühl, mit dem Blick in eine lichte Zukunft fahre ich nach Hause.

Erst in meiner Wohnung merke ich, dass ich sehr müde bin. Ich lege mich ins Bett und falle sogleich in tiefen Schlaf, aus dem ich nach drei Stunden schlagartig erwache. Eine Welle unsagbarer Trauer überflutet mich. Meine kleine Alltagswelt mit ihrer bescheidenen Sicherheit ist in weite Ferne gerückt. Ich setze mich aufs Sofa, blättere in einer Zeitung, gehe in die Küche, trinke ein Glas Milch, trete ans Fenster, gehe aus der Wohnung zum Briefkasten und kehre in die Wohnung zurück, wo ich mich wieder dahin und dorthin wende. Wohin ist das Glücksgefühl, wohin sind die Hoffnungen entflohen?

Samstag, 10.10.1992
Heute ist der Krampf im Arm und das nachfolgende Zittern tagsüber nicht aufgetreten. Glücklich denke ich: «Ich habe ein Krankheitsmerkmal abgelegt. Das muss das Ergebnis der Freitagstherapie sein. Energien können wieder fliessen und überschüssige Energie wird abgebaut! An jenen Stellen, die spannungsgeladen waren, hat sie ihre Hände aufgelegt!» Ich erinnere mich an das wohlige Wärmegefühl, das ihre Hände hervorbrachten und daran, dass sie nach der Therapie angeschwollen waren. Offenbar nahm sie mir einzelne schädliche Energien ab und befreite andere gute, die sie strömen liess. Was für ein glücklicher Zufall hat mich zu dieser Person geführt?

Sonntag, 11.10.1992
Auch heute bleibt die Verkrampfung im Arm und das Zittern der Hand weg. Ich glaube: «Die Wirkung der Therapie ist von Dauer.» Ich bin glücklich. Ein Riesenerfolg! Wird er sich morgen wohl halten?
Korrekturarbeiten an meinem Manuskript sind in den Hintergrund gerückt. Meine Freude über die eingetretene Linderung verdeckt alles andere. Dann mache ich die Korrekturen doch und freue mich, als das Zittern nicht zurückkommt. Erst als ich abends zu Bett gehe und mich völlig entspanne, flackert die Störung kurz auf.
Vor zwei Jahren war mir egal, wie der nächste Tag aussehen würde. Was er bringen würde, wusste ich zum voraus: Sinnlose Therapieroutine in einem leeren Tag. Jetzt denke ich mit Erwartung an die Zukunft. Auch Angst mischt sich ein: «Wie sieht wohl jetzt mein nächster Tag aus?»

Montag, 12.10.1992
In einem Wochenkalender habe ich gestern abend einen Grundsatz von Walter Goes gelesen: «Wir empfangen nicht, um zu

haben, sondern um zu geben». Mit diesem Gedanken bin ich heute morgen voller Glück aufgestanden und beginne, Dinge ganz zu sehen, nicht nur von meinem Verstand her, sondern auch aus meinem Herzen. Zum ersten Mal gehe ich heute beim Einkaufen auf eine Verkäuferin zu und frage sie nach einem Artikel. Noch vor zwei Wochen hätte ich diesen Artikel nicht gekauft, weil ich der Begegnung mit der Verkäuferin ausgewichen wäre. Hoffentlich gelingt es mir, an meiner neuen Strategie festzuhalten, denn wenn ich spontan sein könnte, könnten es meine Mitmenschen auch.

Donnerstag, 15.10.1992
Buchkorrekturen bei Bi. Auch sie bemerkt, dass ich gelöster bin.

Freitag, 16.10.1992
Heute war ich von ein Uhr an während drei Stunden in der Therapie. Ich brachte einen Strauss schöner Blumen mit. Sie dankte mir: «Ich kann auch von Dir etwas lernen: ein Geschenk entgegennehmen, ohne zu glauben, ich müsse eine Gegenleistung erbringen und auf Dauer dankbar sein.» Ich weiss, was sie empfindet. Auch ich konnte lange Zeit nichts annehmen, weil mir alles als Almosen erschien.
Im Verlauf der Therapie wiederholen sich dann all meine Erfahrungen vom letzten Freitag.

Samstag und Sonntag, 17.10. bzw. 18.10.1992
So lange geschlafen habe ich seit Monaten nicht mehr, einmal dreizehn, einmal vierzehn Stunden. Am Sonntag erwache ich mit heissem Kopf und fürchterlichen Zahnschmerzen.

Montag, 19.10.1992
Mein Arm und die Hand zittern tagsüber immer wieder. Was ist geschehen? Kommt das Zittern mehr als je zurück? Heute plage ich mich auch mit Konzentrationsschwierigkeiten. Eigentlich kann ich mich überhaupt nicht konzentrieren. Immerhin glaube ich, den Ursprung der Zahnschmerzen gefunden zu haben. Vor der Therapie verspürte ich nämlich keinerlei Schmerzen. Erst nach der

Reiki-Therapie zog es in meinem Kiefer. Da war wohl der Finger auf eine schwache Stelle gelegt worden, die sich sonst erst später mit Schmerzen bemerkbar gemacht hätte. Es wird mir bewusst, dass ich schon zwei Jahre nicht mehr beim Zahnarzt war.

Trotz dieser Widrigkeiten gehe ich ins Fitnesszentrum, aber heute fällt mir selbst das Atmen schwer.

Abends spät muss ich notfallmässig zum Zahnarzt. Er sagt: «Späte Schmerzen bei Amalgamfüllungen sind recht häufig.» Er entfernt zwei Zahnwurzeln. Während der Behandlung zittert nicht nur der Arm und die Hand, sondern meine ganze Person wird von einem kleinen Erdbeben geschüttelt. Auf der Heimfahrt verschwindet dann das Zittern wieder. Trotz Schmerzen fühle ich mich erleichtert, denn was sind schmerzende Zahnnerven gegen die Erschütterungen meiner ganzen Person?

Freitag, 23.10.1992

Am Morgen mache ich mich daran, das Buchmanuskript neu zu ordnen, da uns die Abfolge der Kapitel nicht befriedigt.

Nachmittags stehen wieder drei Stunden Therapie auf dem Programm. Nach Hause zurückgekehrt fühle ich mich sehr gut. Für eine Stunde schlafe ich tief. Dann erwache ich wie ausgehöhlt. Alles ist in weite Ferne gerückt und eine wohltuende Gleichgültigkeit erfüllt mich.

Am Abend gehe ich nochmals in die Therapie. Die Reiki-Therapie tut mir noch immer gut. Ich schlafe in der Nacht tief und atme richtig durch. Ich habe für mich herausgefunden, wann die Hand jeweils zu zittern beginnt. Wenn ich in der Sauna aus allen Poren schwitze, beginnt die Hand zu rebellieren. Dieses Zittern ist für mich wohl ein Sicherheitsventil, denn ich weiss dann, dass ich mir mehr Ruhe gönnen muss. Immer wenn ich stark schwitze und heftig atmen muss, beginnt die Hand zu zittern. Doch wenn ich die Sauna nach dem Fitnesstraining auslasse, fehlt mir irgend etwas.

Montag, 7.12.1992, morgens

Seit mehr als einem Monat habe ich nicht mehr in mein Tagebuch geschrieben. Hat das mit der Gleichgültigkeit zu tun, in die ich mehr und mehr hineinglitt? Ich sehe die Dinge, als wären sie meilenweit von mir entfernt? Bin ich wirklich nur am Rande mitbeteiligt? Wo sind denn meine Ziele geblieben? Vor mich hin zu dösen entspricht mir doch nicht! «Du musst dich zusammenreissen», befehle ich mir und beginne rückblickend die Ereignisse in meinem Tagebuch aufzuarbeiten.

Vor einem Monat hat mich der Vertrauensarzt der Beamtenversicherungskasse untersucht. Er meinte: «Es ist schon bewundernswert, wieviel Eigeninitiative Sie entwickelt haben. Zweimal aus eigenem Antrieb eine Arbeitsstelle suchen, das Buchprojekt verfolgen, jetzt eine Schule beginnen, das Fitnesstraining durchführen und die Reiki-Therapie anfangen. Da kann ich nur sagen: Hut ab. Es ist toll, wie sich eine behinderte Person in unserer manchmal komplizierten Gesellschaft behaupten kann. Ich werde beantragen, Ihre Rente nicht zu kürzen.» Wieder einmal hat mich ein Mediziner offen gelobt. Dieses Lob hatte mir sehr gut getan. Ich fühlte mich angenommen und bestätigt.

Später erhalte ich den Bescheid der BVK: Die Leistungen werden nicht gekürzt. Die nächste vertrauensärztliche Nachuntersuchung wird auf den November 1995 angesetzt. Dann wird erneut eine Rentenrevision vorgenommen. Das Kreiskommando hatte mich aufgrund dieses Entscheids bis Ende 1995 von der Militärersatzpflicht befreit. Was ich nach diesem Termin tun werde, ist ungewiss. Es interessiert mich im Moment nicht.

Vor zehn Tagen hielt ich in der Schule einen Vortrag über Produktion. Vor einem Jahr wäre eine solche Leistung für mich unmöglich gewesen. Ich leitete den Vortrag durch ein Zitat von Aristoteles ein: «Das Denken für sich allein bewegt nichts, sondern nur das auf einen Zweck gerichtete und praktische Denken.» Darauf folgten drei Kapitel. Ich beendete den Vortrag mit einem Witz. Der Vortrag war ein Erfolg. Lehrer und Schüler waren zufrieden. Für mich war das seit Monaten der wichtigste Tag. Mit den Lerntechniken, die mir meine neue Schule vermittelte, habe ich gute Erfahrungen gemacht.

Das einschneidendste Ereignis der letzten Zeit ist wohl das Ende der Reiki-Therapie. Nach jener Therapiesitzung, von der ich zuletzt berichtete, traten am späten Abend heftige Kopfschmerzen auf. Kopfschmerzen habe ich seit meiner Erkrankung nicht mehr gekannt. Alte Ängste wurden wach: «Woher kommen diese Schmerzen? Soll ich versuchen, die Ursachen herauszufinden oder wie einst im dunklen Zimmer gewähren lassen?» Noch am gleichen Tag stellte sich eine Schwellung am Kopf ein. Diese erstreckte sich von der rechten Stirnhälfte über das Augenlied bis unter das Ohr. Voller Angst ging ich zu meinem Hausarzt, aber auch er konnte sich die Schwellung nicht erklären. Er fragte mich nach Aussergewöhnlichem. Nach langem Überlegen fiel mir nur die Reiki-Therapie ein. Doch hatte sie mir nicht stets gut getan? Könnten die starken Kopfschmerzen vielleicht von der Beanspruchung in der Schule stammen? Mein Hausarzt bezweifelte das und riet: «Brechen Sie die Reiki-Therapie sofort ab. Es ist gut möglich, dass Sie mit einer ernst zu nehmenden psychosomatischen Störung auf diese Behandlung reagieren und die Schwellung allergischen Ursprungs ist.» Dieser Rat löste bei mir Erleichterung aus. Doch der Gedanke an V. belastete mich: «Was wird sie sagen? Kann sie den Abbruch verkraften? Sie hat ja viel in die Therapie investiert. Zudem waren die zehn Stunden Therapie pro Woche eine finanzielle Hilfe für sie. Ich muss versuchen, ihr meinen Entscheid auf schonende Weise verständlich zu machen.» Vorerst schob ich die Sache noch ein bisschen vor mir her. Warum nur hatte ich ein schlechtes Gewissen?

Es ging um meine Gesundheit. Ich bin auf den Rat meines Hausarztes angewiesen. Auf keinen Fall wollte ich nochmals eine solche Reaktion erleben. Sie weckte schreckliche Ängste in mir. Daran änderten auch alle Versicherungen der Ärzte nichts, das Angiom sei vollständig entfernt worden. Nein, ich wollte keine Risiken eingehen. Mit einer Kortisonsalbe, Tabletten und Tropfen verliess ich meinen Hausarzt, um zu Hause Eisbeutel aufzulegen und mich zu entspannen. Wegen der stechenden Schmerzen im Kopf ging ich nicht zur Schule. Das machte ja nichts; ich hoffte, bis zum folgenden Sonntag, meinem 29. Geburtstag, sei alles wieder gut.

Am dritten Dezember fuhr ich morgens für Korrekturarbeiten zu Bi. Sie fand, ich sähe übermüdet und verändert aus. Kein Wunder. Die Schwellung in meinem Gesicht hatte sich noch nicht ganz zurückgebildet. Im Spiegel schien mir das Gesicht eines mongoloiden Menschen entgegenzublicken: «Werde ich jetzt wieder von anderen als Schwachsinniger behandelt?» Am Nachmittag fuhr ich ins Universitätspital Zürich. Die Hirnströme mussten gemessen werden. Das Ergebnis sollte über mögliche epileptische Anfälle und über die Spastizität des Armes Aufschluss geben.

Am nächsten Morgen ging ich zum Zahnarzt. Wegen der Schwellung hatte ich auch mit ihm telefoniert. Er meinte: «Es ist möglich, dass Ihnen noch alte Amalgamfüllungen Beschwerden machen. Am besten ist, wir ersetzen die Füllungen.» Die erneute Wurzelbehandlung ging zum Glück schnell und schmerzlos vorbei. Am Nachmittag zog ich den Stecker meines Telefons aus, ich wollte Ruhe haben. Doch dann lag ich wach im Bett, während sich in meinem Kopf alles drehte, als sässe ich in einem Karussell. Da ich nicht schlafen konnte, setzte ich mich an meine Hausaufgaben, was mich auf andere Gedanken brachte. Nach drei Stunden war ich sehr müde, musste aber ständig daran denken, dass ich ja gar nicht einschlafen konnte. Um dem Gedankenkreisel zu entfliehen, schaltete ich den Fernseher ein. Bei rauschendem Fernseher, brennendem Licht und gekipptem Fenster erwachte ich gegen vier Uhr morgens auf meinem Sofa. Enttäuscht sah ich, dass die Schwellung noch nicht ganz zurückgegangen war, verlegte meinen Schlafplatz ins Bett, wo ich nochmals einschlief.

Am Morgen erwachte ich müde und legte mich gleich wieder schlafen. Den Schlaf brauchte ich wohl. Am Abend ass ich mit meiner Familie in einem Restaurant im Tösstal. Die Schwellung im Gesicht war stark zurückgegangen. Endlich. Ich war noch immer müde, fast zu müde, um zu essen. Am nächsten Tag hatte ich ja Geburtstag, da musste und wollte ich fit sein.

Gestern feierten mein Zwillingsbruder und ich unseren gemeinsamen Geburtstag. Bruno gratulierte mir telefonisch und ich erwiderte seine guten Wünsche. Ich freute mich besonders darüber, dass man mir die Schwellung nicht mehr ansah. Bei Bruno gab es für seine Freunde und mich Kaffee und Kuchen, bevor er, seine Frau und ich in die Central Bar nach Zürich fuhren, wo meine beste Arbeitskollegin auf uns wartete. Von dort gingen wir in ein spanisches Lokal essen.

Ich werde dem Rat meines Hausarztes folgen und morgen bei V. vorbeigehen und die Therapie abbrechen.

Dienstag, 8.12.1992

Die Therapeutin konnte meinen Entscheid nicht verstehen. Sie sieht darin ein Urteil über ihre Arbeit. Dagegen wehrt sie sich: «Das ist unmöglich. Deine Schwellung soll psychosomatische Ursachen haben? Meine Therapie soll schuld sein? Höre Du nur auf die Schulmedizin, gut wird das nicht werden.» Immer wieder sage ich: «Es geht nicht darum, welcher Standpunkt richtig ist. Es geht darum, dass ich mich schlecht fühle. Das musst Du verstehen.» Bei mir denke ich: «V. kann nicht akzeptieren, dass Menschen auf verschiedene Therapieformen unterschiedlich reagieren.» Immer wieder sage ich ihr: «Man kann nicht genau wissen, woher die Schwellung stammt. Auch mein Arzt gibt das zu.» Jedenfalls steht mein Entscheid.

Später lese ich in meiner Agenda unter Mittwoch, 9.12.1992: zehn Uhr Augenpoliklinik Universitätsspital Zürich, Montag, 14.12.1992: neun Uhr Zahnarzt. Aufgeregt blättere ich weiter: «Ist das endlich der letzte medizinische Termin? Nein, da hat sich noch einer Ende Jahr eingeschlichen, am Freitag, 18.12.1992 muss ich zum letzten Mal zum Zahnarzt, wenigstens für dieses Jahr. Pendle ich jetzt wieder von Arzt zu Arzt und von Therapie zu Therapie?» Noch immer bin ich verunsichert.

Donnerstag, 31.12.1992, Jahresende

Endlich habe ich mich aufgefangen und ziehe Bilanz über das vergangene Jahr und die Zeit davor. Vor meiner Erkrankung war Bescheidenheit keine Tugend und der Erfolg schien mir Recht zu geben. Halte ich über die letzten vier Jahre Rückschau, sehe ich, wie hart ich an mir arbeiten musste, um überhaupt mitschwimmen zu dürfen. Viele kleine Erfolgserlebnisse sind die winzigen Steine, die sich nach und nach in meinem Leben zum Mosaik des Erfolgs zusammensetzen. Aus kleinen Erfolgserlebnissen wächst das Gefühl, fest und mit den Menschen verbunden im Alltag zu stehen. Ohne all diese kleinen Erlebnisse gäbe es für mich keine Lebensfreude mehr. Früher war Schlagfertigkeit meine Waffe und zugleich mein Schutz. Brauche ich diese Waffe und den Schutz heute denn weniger als früher? War das Schreiben eines Buches vielleicht ein Versuch, eine neue Stimme zu finden, eine Stimme, welche von anderen gehört wird?

Bei allem Fortschritt bin ich noch immer von der Aufgabe gefangen, meine Lebenskatastrophe zu verarbeiten. Aber ich denke, ich bin doch ein bisschen reifer geworden. Musste ich dies durch ein Ereignis von solcher Schwere erreichen? Mit der Erfahrung, dass in einem erfolgreichen Leben eine verborgene Krankheit heimlich an den Wurzeln der Existenz nagen kann, ist so leicht nicht fertig zu werden.

Mehr und mehr und immer wieder wurde mir diese persönliche Erfahrung zum Sinnbild für die Bedrohung der Welt durch Umweltzerstörung. Das Wachstum des Ozons kam mir wie das Wuchern in meinem Gefäss-System vor, durch das dem Ganzen Schaden zugefügt wurde. So mischten sich denn in meine Ängste vor einer neuen Hirnblutung die Ängste vor den globalen Einflüssen, die unsere Welt bedrohen. Indem ich mein Schicksal in die Gesamtproblematik der Welt einbette, öffnen sich mir neue Perspektiven. Das hilft mir, über mein Schicksal hinauszuwachsen. In diesem Zusammenhang ist das Buch vielleicht wie eine Brausetablette: im Wasser der Zeit zergeht die Vergangenheit, und mit dem Trinken der Vergangenheit findet das Verarbeiten für die Zukunft statt.

Ich versuche, zu einem Abschluss der Zeit seit meiner Erkrankung zu kommen und meine Erfahrungen auf dem Weg in ein neues Dasein als Elemente einer Buchhaltung zu sehen: Nicht alle Erfolge erscheinen in einer Bilanz, ein von der Bilanz unabhängiges Erfolgskonto aber gibt es nicht. Und so könnte ich und andere Menschen, denen ein ähnliches Schicksal widerfährt, sehr wohl gezwungen sein, immer wieder bei Null zu beginnen. Nicht alle hochfliegenden Hoffnungen haben sich erfüllt, nicht alle Ideen haben die erträumten Früchte getragen: Wunder sind selten. Gut, dass ich meine Zukunft wieder selber in die Hände nehmen kann.

Der Koffer zeigt, wenn man auf Reisen ist,
wie wenig im Leben wichtig ist.

Brasil

Mittwoch, 28.2.1996
Zehn Jahre sind es her, seit ich das letzte Mal gemeinsam mit meinen Eltern Urlaub machte. Morgen fliegen wir für drei Wochen nach Brasilien. So lange hat mein Vater nur ganz selten Ferien gemacht, so weit sind meine Eltern noch nie gereist. Wir werden nach Ilhéus fliegen, einem Badeort am Atlantik, südlich von Salvador. Die Aussicht, dem Nebel und der Kälte zu entrinnen, der Sonne entgegen zu schweben, in ungetrübter Heiterkeit an einem weiten Sandstrand unter Palmen die Tage zu verbringen, ist wunderbar.

Donnerstag, 29.2.1996
Nachdem alle Formalitäten hinter uns liegen, steigen wir ins Flugzeug. Um zwölf Uhr wird die Maschine auf das Startfeld geschoben. Der Kommandant macht letzte Tests mit den Flügelklappen. Nun lässt er die Triebwerke warmlaufen. Statt in stetig steigendem Ton aufzuheulen, beginnt ein Triebwerk bedenklich zu husten und krachende Geräusche von sich zu geben. Langsam setzt sich das Flugzeug in Bewegung, doch nicht zur Startbahn, es rollt zu den Fingerdocks zurück.
Wir versuchen durch die Fenster einen Blick zu erhaschen. Mechaniker umschwärmen die Maschine. Eine Stewardess bittet uns, das Flugzeug zu verlassen. Wir sehen, wie ein Gerüst am hinteren Triebwerk aufgestellt wird. Jetzt werden uns Gutscheine

für ein Essen verteilt. Um zwei Uhr kehren wir in die Wartehalle zurück. Wir werden auf fünf Uhr vertröstet. Dann erfahren wir, dass die Probleme mit dem Triebwerk behoben werden konnten, doch wurde im Cockpit Feueralarm gemeldet. Niemand möchte bei einer solchen Meldung fliegen. Wir sollen uns deshalb bis halb neun Uhr gedulden.

Hat das Schicksal auf uns gewartet? Sind wir einem unvorhersehbaren Unglück entronnen? Mein Mund ist trocken. Der seltsame Geschmack gefährdeten Lebens, Erinnerungen an zerstörte Hoffnungen steigen auf und mit ihnen die Schlagwörter, mit denen Autoren Bücher über Lebenshilfe zieren: «Krise als Chance», «Krankheit als Gewinn», «Schicksalsschläge als Aufgabe». Als ich ein Jahr nach meiner Erkrankung solche Literatur las, schien mir, diese Autoren verkündeten, mein Unglück sei vor allem eine Chance, die das Schicksal für mich bereit hielt. Die Glorifizierung des Leidens aus dem Munde Unversehrter klang schief, ohne Zusammenhalt, ja blöd in meinen Ohren. Woher nehmen diese Lebensberater eigentlich ihre Gewissheit, dass Leiden grundsätzlich seinen tieferen Sinn hat?

Die blecherne Stimme des Lautsprechers holt mich aus dem Abgleiten in die Vergangenheit: «Die Störung konnte nicht behoben werden. Gehen Sie zum Ausgang, die Busse werden Sie ins Hotel bringen. Kommen Sie morgen um sieben Uhr zurück. Der planmässige Abflug ist um neun Uhr.»

Im Hotel gehen wir sogleich in unsere Zimmer. Ich schalte den Fernseher ein. Bei laufendem Apparat dämmere ich in meine Träume hinüber, irgendwann, irgendwohin.

Freitag, 1.3.1996

Wir finden uns pünktlich um sieben Uhr im Flughafen ein. Über Gate 37 erscheint in blauer Leuchtschrift unser Flug: Flight VP 775, Destination São Paulo via Salvador. Wieder besteigen wir das Flugzeug. Um neun Uhr werden wir auf die Startpiste geschoben. Das Flugzeug beginnt zu rollen, endlos, wie mir scheint, es rollt und rollt und rollt. Jetzt eine Linkskurve. Da heulen die Motoren auf, steigern sich zu gewaltigem Donnern. Hinter den Klappen über unseren Köpfen wird das Handgepäck zusammengedrückt. Der Schub presst mich in den Sitz. Eine Stewardess läuft, den Oberkörper stark nach hinten gebogen, zu ihrem Platz und schnallt sich an. Erleichtert spüre ich, dass die Maschine abhebt.

Meine Eltern sitzen sechs Reihen weiter vorn. Wir können uns alle drei nicht vorstellen, wie jemand, dem statistisch zwar kleinen Wagnis abzustürzen ausgeliefert, sich entspannt in eine Maschine setzen kann. Ich schaue zum Fenster hinaus. Unter mir bleibt die in graues Wetter getauchte Landschaft zurück. Bald steigen wir auf 8 000 Meter Höhe, über uns blauer Himmel, unter uns das weisse Gewoge der Wolken. Bei 10 700 Metern haben wir unsere konstante Flughöhe erreicht. Draussen ist es minus zweiundfünfzig Grad, bitter kalt.

Durch Fenster in den Wolken blicken wir auf Spanien, dann auf die Küste von Afrika, der wir in südlicher Richtung eine Weile folgen, bis wir bei Dakar über die Cape Verde Inseln in den Atlantik hinaus fliegen. Endlich überqueren wir nördlich der Ostspitze von Südamerika den Äquator – auf unserer Flughöhe ist es auch dort bitter kalt –, fliegen bei Recife in den Kontinent ein und gelangen über Salvador und Belo Horizonte nach São Paulo. Von hier bringt uns ein Inlandflug in knapp drei Stunden zum kleinen Flughafen von Ilhéus. Wir landen um fünf Uhr nachmittags Ortszeit. Diese hinkt der westeuropäischen Winterzeit um vier Stunden nach. Wir waren zwölf Stunden unterwegs und sind froh, wieder festen Boden unter den Füssen zu haben. Herbi, in dessen kleiner Strandpension wir zwei Zimmer reserviert haben, holt uns mit seinem roten Buggy ab. Er bringt uns in einen eingezäunten grossen Palmenhain, wo sich eine bewachte Siedlung mit Eigenheimen befindet. Hier wohnen meist Europäer. Wir fühlen uns hier vom ersten Augenblick an wohl und geborgen.

Samstag, 2.3.1996

Heute entspannen wir uns. Meine Mutter liest ein Buch, meinem Vater zeige ich mit dem Buggy die Halbinsel. Wir fahren zwischen Palmen an einen Sandstrand, wo man das Strandleben geniessen und sich in kleinen Restaurants an gegrillten Krebsen gütlich tun kann.

Abends gehen wir gemütlich essen. Die Zeitverschiebung macht sich bemerkbar. Meine Eltern sind sehr müde und gehen bald zu Bett. Ich wage mich spät abends ins Dancing «Cabana o Farol», von dem ich bei meinem ersten Besuch in Brasilien gehört habe. Dort sollen sich samstags die hübschesten Mädchen von Ilhéus versammeln. Auf dem Weg dorthin steigen bittere Erinnerungen an eine traurige Episode auf.

Bei meinem ersten Besuch in Brasilien fiel mir auf, dass es hier leicht ist, mit Mädchen in Kontakt zu kommen. Man lächelt sich an und schon spricht man miteinander. Es dauerte damals nicht lange, so sprach ich in einem Tanzlokal mit einer ausnehmend hübschen Frau, deren Gefolgschaft aus sechs weiteren attraktiven Frauen bestand. Diese Frauen hatten fast alle Kinder, lebten aber von ihren Männern getrennt. Verlässt ein Mann die Frau, kümmert sich niemand um Alimente, sie muss allein für ihre Kinder sorgen. Oft leben solche Frauen in Gemeinschaft mit Leidensgenossinnen. Viele haben sich die Fähigkeit bewahrt, dem Leben freundliche Seiten abzugewinnen. Sie jammern nicht über verpatzte Chancen, sind frei von hochnäsiger Moral und Prahlerei. Sie begegnen uns offen, hilfsbereit, humorvoll und warmherzig. Um sich durchzuschlagen, können sie in den Mitteln nicht wählerisch sein.

In einem armen Land wie Brasilien ist die Flucht der Ehemänner aus der Familie in vielen Fällen der Versuch des Mannes der Armut zu entfliehen. Im Zürcher Oberland des achtzehnten und neunzehnten Jahrhunderts ging es nicht anders zu.

Wir tranken, tanzten und amüsierten uns. Gegen fünf Uhr morgens wollte ich nach Hause gehen und begann mich zu verabschieden. Da hielten mich zwei Frauen fest, himmelten mich an und fragten, mit wem ich nun nach Hause gehen wolle. Geschockt stand ich am Ausgang. Hatte ich nicht absichtlich erwähnt, dass ich verheiratet sei und vermieden, mit Besitz oder Einfluss zu prahlen? Wie konnten sie sich da Hoffnungen machen? Jetzt beichteten sie mir, dass sie professionelle Prostituierte, «mulher de programa», seien. Für mich war die Sache klar: «Programme gehören für mich ins Fernsehen und bestimmt nicht in die Liebe.» Nun versuchten sie, mit mir den Preis für eine

Nacht auszuhandeln. Erst machte ich bei diesem Spiel mit, wollte wissen, wo ihre Schmerzgrenze lag. Die eine verlangte 70 Reais (ca. 78 Franken), die andere unterbot mit 40, bis beide schliesslich bei 20 Reais stehenblieben. Da hätte ich eine Nacht mit einer hübschen Frau zum Discountpreis verbringen können. Als sie merkten, dass ich nicht käufliche Liebe gesucht hatte, flüsterte mir eine ins Ohr, dass sie auch ohne Geld mit mir schlafen wolle. Es fiel mir schwer, mich aus dem Staub zu machen. Ich hatte mich amüsiert und Spass gehabt. Jetzt war es Zeit zu gehen.

Frauen, die ihren Körper gegen Dinheiros feilbieten, Krankheiten in Kauf nehmen, den Konkurrenzkampf nicht scheuen, werden in Brasilien «Piranhas» genannt. Ein schrecklicher Name, denn so heissen die gefürchteten scheibenförmigen kleinen Raubfische mit ihren ausserordentlich scharfen Zähnen, die in den Systemen südamerikanischer Flüsse leben. Ein Schwarm Piranhas kann einen Schwimmer anfallen und in Minuten verzehren.

Auf dem Heimweg fragte ich mich, wie sich denn Piranhas von normalen Frauen unterscheiden liessen. Waren sie mit einem Mal auf der Stirne gekennzeichnet? Erkannte man sie an ihren Kleidern, der Art, sich zu schminken, ihren Bewegungen? Gingen sie etwa ohne Schuhe? Nichts von alledem trifft zu. Deshalb ist es für einen Ausländer besser, in ein Lokal zu gehen, von dem er weiss, dass Piranhas dort kaum Zutritt haben.

Es ist gegen halb zwölf, als ich am Abend meiner Ankunft das Dancing «Cabana o Farol» erreiche.» Die Musik im Lokal ist sehr laut. Während ich mein Bier trinke, fällt mein Blick auf eine Frau mit reichem kastanienbraunem Haar und zierlichem Gesicht, die sich geschmeidig im Takt der Musik bewegt. Bewundernd folgen ihr meine Augen. Weder meine noch die Blicke anderer Männer scheinen sie zu kümmern. Sie geniesst ihre Freiheit, geniesst die Bewegung im Rhythmus des Tanzes. Hingerissen stehe ich auf, begebe mich aufs Parkett, beginne zu tanzen. Bald tanzen wir zusammen. Wir halten uns immer wieder fest, umarmen uns, entfernen uns, erholen uns bei einem Drink, plaudern, um nach einer Weile erneut zu tanzen. Die Frau heisst Simone. Sie lebt mit ihrer zehnjährigen Tochter allein bei ihren Eltern in einem guten Quartier. Es ist ein schönes Gefühl, Nähe zu spüren ohne in aufreizender Art betastet zu werden, ohne die Zunge einer fremden Frau im Ohr zu spüren. Ich bin glücklich. Die Zeiger der Uhr drehen sich im Zweistundentakt, bis wir um fünf Uhr morgens das Lokal verlassen und ins volle Licht des Mondes treten.

Ich verliebe mich schnell und deshalb oft. Ich bin glücklich, diese Fähigkeit wieder erlangt zu haben. Dabei lege ich mich nicht fest. Ob der Verliebtheit ein Miteinander folgt, bleibt offen. Ich denke, ich produziere eine Menge jener Glückshormone, von denen andere Leute eindeutig zu wenig haben.

Sonntag, 3.3.1996

Am Morgen stelle ich meinen Eltern zwei Frauen vor, die ich bei meinem ersten Besuch in Brasilien kennengelernt habe. Dona Martha ist Schweizerin und lebt seit über fünfunddreissig Jahren in Brasilien. Sie war früher Buchhändlerin. Viel mehr wusste ich nicht, als ich mich damals bei ihr zu einem Besuch anmeldete. Sie lebt in einem Haus, das von einem sehr gepflegten Garten mit grossen Bäumen umgeben ist. Auf mein Klingeln öffnete eine Angestellte mit einem freundlichen «bom dia» die Türe. Offenbar wusste sie, dass ich angemeldet war. Sie bat mich sogleich ins Haus. Vor dem Hauseingang bemerkte ich einen grossen Windschirm, der mit typischen Bildern der Schweiz verziert war: eine Appenzeller Darstellung des Aufstiegs einer Herde auf eine Alp, Zermatt samt Matterhorn und gleich daneben Eiger, Mönch und Jungfrau. Der Windschirm verdeckte die Aussicht in die Umgebung. Mein Blick erhaschte noch die blaue Fläche eines Schwimmbeckens. Die Angestellte drängte mich, ins Haus zu kommen. Ich trat in einen Korridor, dessen Längswände bis zur Decke durch übervolle Büchergestelle besetzt waren. Man bat mich, einen Moment zu warten.

Plötzlich kam eine grauhaarige Dame mit modischem kurzem Haarschnitt energisch an einem Stock ins Zimmer. Sie begrüsste mich in schweizerdeutscher Sprache und gab ihrer Freude Ausdruck, endlich wieder einen Schweizer willkommen heissen zu dürfen. Wir setzten uns um den Esstisch. Dona Martha bot mir ein selbstgebranntes Wasser an, das die klein gewachsene Empregada (Hausangestellte) servierte. Im Verlauf des Gesprächs erschien ihre 34jährige Tochter, eine schlanke, schwarzhaarige Schönheit, die meiner damaligen Freundin stark ähnelt. So gewann sie gleich meine Sympathie.

«Irgendwie muss ich sie aus der Reserve locken», dachte ich, «denn sie verhält sich auffällig: ängstlich und unnahbar. Warum lebt sie wohl bei ihrer Mutter zu Hause?» Ich fand sie sehr sympathisch. Offenbar gefiel ich ihr auch, denn sie lud mich zu einem Konzert ein.

Nun spielt sich mit meinen Eltern das gleiche Zeremoniell ab. Auch die Tochter Ursula ist da. Wir erfahren, dass sie sich als Tierärztin unter vielen Bewerbern die Stelle einer Lehrbeauftragten an der Universität zu sichern vermochte.

Dona Martha schlägt uns vor, am nächsten Sonntag gemeinsam ihre Fazenda zu besuchen, die 1943 von ihrem Mann gegründet wurde. Sie liegt in der Ortschaft Introncamemdo de Anuri und wird über die brasilianische Nationalstrasse BR 101 erreicht. Diese Strasse verbindet den Süden Brasiliens mit dem Norden. Meine Eltern möchten nicht so weit fahren. Ich aber möchte die Plantagen gerne ansehen.

Freitag, 8.3.1996
Heute feiert meine Mutter ihren 54. Geburtstag. Alle Leute, die sie kennenlernen, meinen, meine Mutter Heidi sehe viel jünger aus. Für den Abend verschafft uns Dona Martha die Möglichkeit, in dem hoch über dem Meer gelegenen Haus des Yachtclubs bei herrlichem Weitblick fein zu essen.

Sonntag, 10.3.1996
Um zehn Uhr morgens fahre ich mit Dona Martha und Ursula über Itabuna, Buerarema, durch São José in zwei Stunden nach Itadingui. Auf der Fahrt bemerkt Dona Martha: «Die 102 Hektaren grosse Fazenda «Vasante» und «Santo Antonio» mit den 85 000 Kakao- und den 4 000 Gummibäumen, die wir einst dort gepflanzt haben, ist heute in einem traurigen Zustand, fast so, als läge sie in einer Geisterstadt.»

Was konnte sich hinter dieser Aussage verbergen? Hoffentlich nicht die typisch brasilianische Lebensgewohnheit, in guten Zeiten möglichst viel Gewinn herauszuholen, in schlechten Zeiten die Dinge einfach gehen zu lassen.

«Ein schädlicher Pilz, die «vassoura de bruxa» (Hexenbesenkrankheit) hat die gesamten Kakaoplantagen befallen. Die spärliche Ernte erreicht nur noch einen Bruchteil jener besserer Tage. Von den fünfundzwanzig Mitarbeitern mussten wir nach und nach alle bis auf drei entlassen, weil das Geld fehlte, um sie zu entlöhnen.

Zusätzlich sind zwei Meieiros angestellt, die das Zapfen der Gummibäume besorgen. Ihnen brauche ich kein Gehalt zu bezahlen. Sie erhalten je einen Viertel des gezapften Gummis, die Hälfte bleibt mir.»

Tatsächlich bietet die Plantage einen gespenstischen Anblick. In den Kronen der Kakaobäume haben sich unzählige lange Nebentriebe gebildet, so dass sie wie riesige, wirre Besen aussehen. Dieses wilde Wachstum nimmt den Bäumen jede Kraft und die Ernte wird von Jahr zu Jahr geringer.

Es fällt mir schwer, ein Fazit zu ziehen. Ich denke, die Regierung Brasiliens müsste die Fazendeiros mit wissenschaftlichen Beratungen unterstützen, damit der unter Schutz gestellte, kranke Kakaobaum gerettet werden kann. Finanzielle Darlehen gewährt der Staat ohnehin nicht.

Die Regierung verbietet den verzweifelten Fazendeiros die Rodung oder das Abbrennen der Bäume, die durch den Gummibaum ersetzt würden. Die ökologische Notwendigkeit zur Rettung des Kakaobaums ist indes unbestritten.

Sowohl der Kakao- wie der Kautschukbaum sind in den tropischen Regionen Südamerikas beheimatet, beide Bäume sind in den brasilianischen Regenwäldern heimisch und die Ureinwohner gewinnen Kautschukmilch (Latex), indem die Rinde angeritzt und die abfliessende Milch in Gefässen aufgefangen wird, ganz ähnlich, wie das heute geschieht. Sie fertigten daraus in alter Zeit unzerbrechliche Flaschen, Bälle und Fackeln. Der Gummibaum hält sich in den Plantagen recht gut. Anders der Kakaobaum. Brasilien ist neben Ghana der grösste Produzent von Kakao. Die Verwendung des Kakaos war schon den Azteken bekannt, aber erst im 18. Jahrhundert wurden Kakaobäume unter dem Einfluss von Jesuiten in Plantagen angebaut. Im neunzehnten Jahrhundert trat der Kakao seinen Siegeszug an. Der Kakao hat die Gegend um Ilhéus reich gemacht. Die Nachfrage wurde immer grösser und mehr und mehr Plantagen angebaut. Dann brachen die Preise zusammen. Dies führte wohl dazu, dass die Plantagen nicht mehr richtig gepflegt wurden. Dona Martha hat während einiger Zeit die dürren Blätter einsammeln und verbrennen lassen, um der Krankheit Einhalt zu gebieten. Da die meisten Plantagebesitzer aber gar nichts taten, brachten die Massnahmen Einzelner wenig.

Möglich ist auch, dass sich der Kakaobaum schlecht für Monokulturen eignet und nur in einem ökologischen Gleichgewicht gedeihen kann. Jedenfalls wäre es jammerschade, wenn die Fazenda «Vasante» und «Santo Antonio» mit der gesamten Infrastruktur inklusive Häuser und Land zu einem Spottpreis verkauft würde. Dieser Entscheid, der vielen Fazendeiros schlaflose Nächte beschert, möchte ich nicht fällen müssen. Für die Besitzer steht ihr Lebenswerk auf dem Spiel. Seufzend meint Dona Martha: «Zum Glück blieb das meinem Mann erspart.»

Dienstag, 12.3.1996
Rein zufällig treffe ich auf der Strasse die 21jährige Mônyca. Ich hatte die hübsche und grazile Frau bereits bei meinem ersten Brasilientrip in einer Autovermietung kennengelernt. Sie spricht nur portugiesisch, was aber unserer Unterhaltung keinen Abbruch tut. Mittlerweile verstehe ich die Sprache gut, mache beim Sprechen zwar viele Fehler, kann mich aber verständigen.

Portugiesisch ist eine schöne Sprache. In meinen Ohren klingt sie wie Musik. Die Menschen freuen sich, dass ich mit ihnen sprechen möchte. Niemand stösst sich an den Mängeln meiner Ausdrucksweise. Alle sehen nur meinen ehrlichen Wunsch, mit ihnen zu kommunizieren. Das Erlebnis, Menschen zu begegnen, die sich spontan freuen, mit mir zu sprechen, ist für mich immer wieder beglückend.

Mônyca ist sichtlich erfreut, mich wieder zu treffen. Sie lädt mich zu ihrer Familie nach Hause ein.

Sie hat inzwischen ihren Arbeitgeber gewechselt. Sie verkündet nicht ohne Stolz, dass sie jetzt das Doppelte (zweihundert Reais/Monat) verdiene. Wie kann sie bloss mit diesem Lohn ihre zwei vaterlosen Kinder grossziehen, wenn sie noch einen Weiterbildungskurs in Computeranwendung selber finanziert?

Mit Herbis rotem Buggy fahren wir auf einer holprigen Strasse, die mit Löchern durchsetzt ist, zur Avenida Itabuna. Viele Kleinkinder spielen auf der Strasse. Zwei dieser Kinder scheinen die ihren zu sein, denn sie ruft aus dem Auto: «Oi, Jasmin e Caique (sprich Kaiiqi), venha aqui, Daniel é vem da Suiça!» Die Kinder kommen und die dreijährige Jasmin scheint mich noch zu kennen. Sie krabbelt ins Auto, um bald auf meinem Schoss zu sitzen. Sie erzählt mit dem gleichen Gesichtsausdruck wie die Mutter irgend eine Geschichte.

Ich sage zu ihr: «Gosto de você. Me da um beijinho?»

Wortlos gibt sie mir ein Küsschen, was die Mutter mit Stolz erfüllt. Inzwischen ist der eineinhalb Jahre alte Caique ans Auto gekommen und blickt mich mit seinen braunen Mandelaugen stumm an. Später stellt mir Mônyca ihre Eltern vor, die vier Tanten, die drei Cousinen und die zwei Grosseltern. Sogleich zeigt sie mir das Haus, wo die vierzehn Personen in vier Zimmern wohnen! Ein seltsamer, fast mystischer Geruch, wie ich ihn 1994 während meiner Asienreise erlebte, steigt mir in die Nase. Ich kann den Geruch nicht näher definieren. Er ist jedoch mit guten Erinnerungen verbunden.

Halb benommen von der grossen Hitze trinke ich mit der Grossfamilie Bier. Auf dem Heimweg denke ich unentwegt an das Erlebte. Mônyca möchte mit mir morgen gerne an den Südstrand gehen. Es sind meine letzten zwei Tage in Ilhéus.

Freitag, 15.3.1996

Heute nachmittag fliegen wir von Ilhéus via Salvador nach Rio de Janeiro, von wo es in dreistündiger Busfahrt nach Búzios geht. Búzios liegt in der Nähe von Rio, ungefähr 1 400 Kilometer südlich von Ilhéus.

Nach Mitternacht treffen wir in Búzios ein. Wir sind alle drei sehr müde, beziehen sogleich unsere Zimmer und legen uns schlafen.

Samstag, 16.3.1996
Búzios, richtig genannt Armação dos Búzios, gehört zum Bundesstaat Rio de Janeiro und wurde im September 1991 eine selbständige Gemeinde. Entstanden ist es aus einem Fischerdorf und zählt nur ca. 15 000 Einwohner. Die Gebäude sind ein- oder zweistöckig, blau oder weiss gestrichen, mit Dächern im Kolonialstil und gelben Schiebefenstern. Sie folgen dem architektonischen Vorbild der alten einheimischen Fischerhäuser.
Wir mieten Fahrräder und erkunden die pittoreske Gegend. Meinen Eltern gefällt Búzios sehr gut. Ein gemütliches und reichhaltiges Mittagessen rundet die vielen Eindrücke des Morgens ab. Wir haben die Räder weitere zwei Tage gemietet und lernen so die Halbinsel mit ihren idyllischen Stränden kennen.

Dienstag, 19.3.1996
Heute mieten wir ein Auto. Ich möchte mit meinen Eltern an den wunderschönen «Praia de Conchas» im fünfundzwanzig Kilometer entfernten Cabo Frio fahren. Für die geringe Distanz werden wir wegen der grossen Unebenheiten in der Strasse mindestens eine Stunde benötigen.
In unmittelbarer Nähe der Stadt finden sich herrliche Strände. Der Sand ist ausserordentlich fein und türmt sich entlang der Küste zu pittoresken hohen Dünen. Unter der Führung einer Englisch sprechenden Brasilianerin fahren wir in türkisfarbenem Wasser der Küste entlang und erfahren, dass die Gegend dank ihrem feinen Sandstrand und ihrer hohen Dünen heute zu den am meisten besuchten Badeorten Brasiliens gehört.

Mittwoch, 20.3.1996
Von Búzios fahren wir um acht Uhr morgens mit dem Bus nach Rio de Janeiro. Heute heisst es Abschied nehmen. Um zwölf Uhr fliegt die Maschine nach São Paulo. Von dort wird ein anderes Flugzeug zum Rückflug in die Schweiz starten. Die Ferien mit

meinen Eltern waren schön, ich bin als ihr Reiseleiter sehr verwöhnt worden, denn ich habe spendable Eltern.

Schweren Herzens trennen wir uns von diesem Land der Sonne und der freundlichen Menschen. In der Schweiz erwarten mich viele Aufgaben, denn ich möchte mich für andere von Hirnschädigungen Betroffene einsetzen, an der Zeitschrift für Aphasiker (WAST) mitarbeiten, meine Kenntnisse der Psychologie vertiefen und an Kurzgeschichten weiter schreiben. Auch soll ich in den Vorstand des Zürcher Vereins für Hirnverletzte Menschen gewählt werden. Mein grösster Wunsch aber bleibt, dieses Buch, an dem ich so lange mit meinem Herzblut geschrieben habe, unter die Leute zu bringen und damit dem besseren Verständnis für sprachbehinderte Menschen einen Weg zu bahnen.

Até breve maravilhoso Brasil!

Mit dem Herzen allein wird das Herz geleitet.

Johann Heinrich Pestalozzi

Epilog

Hier endet für uns der Bericht von D.B. Wir sehen ihn heraustreten aus jener Sackgasse, in die ihn seine Phantomjagd nach vergangenen Lebensentwürfen führte. Er hat aufgehört, sich verzweifelt an Möglichkeiten jenes Menschen zu klammern, der er vor seiner Hirnblutung war. Er hat sich entschlossen, nach einem neuen Lebensentwurf zu suchen und entdeckt dabei, dass Altes ihm treu blieb und ihn begleitet.

Wie war denn D.B. früher? Sein Bruder Roger meint dazu: «Er war temperamentvoll und kontaktfreudig, rasch im Urteil und unzimperlich in der Art, wie er seine Meinung offen aussprach. Alles musste gleich ruck, zuck erledigt werden. Geduldig war er nie. Das liess ihn wirkungsvoll arbeiten, aber öfters unüberlegt handeln.» D.B. selbst beschreibt sich als tüchtig und erfolgreich. Jemand der gerne rasch fuhr und sich dabei nicht immer um Regeln kümmerte. «Alles nicht so schlimm», meinte er, «Menschen sind dabei nie zu Schaden gekommen.» «Bescheidenheit war für mich keine Tugend», erklärte er mir eines Tages lachend. Beruflich Erfolg haben, das Leben geniessen und sich dabei nie auf dem falschen Fuss erwischen lassen, war wohl ein Verhaltensentwurf nach seinem Sinn. Dabei war er bereit, hart zu arbeiten, wollte dafür aber gut bezahlt werden. Mit seiner Familie verband ihn ein Gefühl grosser Solidarität.

Das Leben schien ihm recht zu geben. Mit Fleiss, Durchsetzungsfähigkeit, Geltungswille und einer kleinen Dosis Glück hatte er mit 24 Jahren eine Stellung erreicht, auf die andere sehr viel länger warten und sie oftmals nie erlangen. Zweifel an der Zukunft waren ihm nie gekommen, er lebte im Gefühl, zu Erfolg bestimmt und gegen Misserfolg gewappnet zu sein.

Nach zwei Hirnblutungen und einer lebensbedrohenden Operation in der Tiefe des Hirns war für die Familie und das Umfeld dieser scheinbar so sichere Lebensplan zum wertlosen Entwurf geworden. Er wurde – nicht ohne Schmerz – abgeschrieben. Von D.B. wurde erwartet, dass er umgehend ein Gleiches tat. Es blieb für viele unverständlich, dass dieser junge Mann, der in der Vergangenheit mit so sicherem Instinkt, zielbewusst und erfolgreich in Beruf und Gesellschaft mit der Wirklichkeit umgegangen war, sich nun blind an die Chimäre eines verfallenen Lebensplanes klammerte und eine Rolle in der Gesellschaft einforderte, die auszufüllen, er nicht mehr in der Lage war. Konflikte waren nicht zu vermeiden. Die Spannungen zwischen Daniel und seinem Bruder Roger, die zuletzt zu einem harten Bruch führten, machen das überaus deutlich. Erfahrungswirklichkeiten, die während Jahren Gültigkeit hatten, lösen sich nicht einfach in Luft auf, wenn ihre Grundlagen durch ein unvorhersehbares Ereignis verfallen. Eine Hirnschädigung tritt meist innerhalb von Sekunden ein, sie bleibt für den Betroffenen ein unbegreifliches Geschehen. Sie wird oft als brutaler und ungerechter Schlag eines blinden Schicksals verstanden. Bei der Verarbeitung eines solchen Unglücks wirkt sich die mit der Schädigung verbundene verminderte Umstellfähigkeit erschwerend aus. Veränderungen, die für das Umfeld eines Patienten überdeutlich sein mögen, können vom Patienten nicht ohne weiteres wahrgenommen werden.

An Dinge zu glauben, auf Dinge zu hoffen, die nicht beobachtbar sind, die nie waren und vielleicht nie sein werden, ist meist harmlos und oft hilfreich. Die beobachtbare Wirklichkeit zu leugnen, so zu leben, als wäre sie nicht, isoliert einen Menschen mehr, als eine konkrete Behinderung das tun könnte. Das schonende Erarbeiten einer tragfähigen Krankheitseinsicht ist eine Vorbedingung der erfolgreichen Neuorientierung. Wo sie fehlschlägt, können Verhaltensweisen auftreten, die für Familie und Umfeld, wohl auch für den Behinderten selber, sehr belastend sind.

Ich erinnere mich an den Tag im März 1991, als mich die Mutter eines jungen Mannes anrief. Sie erzählte von ihrem hirngeschädigten Sohn, der sehr unter seiner Redestörung leide. Wir vereinbarten einen Termin bei mir zu Hause.

Die Mutter, eine eher zarte, jugendlich wirkende Frau mittleren Alters, schien bedrückt, der Sohn, ein kräftiger junger Mann, stand mit starrer Miene in meiner guten Stube, als wäre er ein Monolith, den undurchschaubare Zufälle hierher verschoben hatten. Er bewegte sich – den rechten Arm angewinkelt, den linken zur Seite hängend – mit seinem gelähmten Bein ohne Stock unmerklich an Ort. In seinem Gesicht lag ein unsteter Zug, der wohl von den willkürlichen Einzelbewegungen jedes Auges herrührte. Gleichzeitig wirkte sein Gesicht leer, denn es fehlten alle mimischen Bewegungen. Er sprach kaum, das Wenige ohne rhythmische Gliederung, Laut um Laut in eintönigem Singsang hervorbringend, als wäre er ein Kind, das eben Lesen gelernt und einen schwierigen Text vorzutragen hat..

Ich tastete mich vor: «In seiner Lage müsse man wohl oft gegen Entmutigung kämpfen.» Eifrig ging seine Mutter darauf ein. «Ja», sagte sie, «das . . .» Weiter kam sie nicht. «Hör endlich damit auf!» fuhr der Sohn sie an, worauf sie schuldbewusst verstummte. Betreten stellte ich fest, wie unbeherrscht und hart er ohne greifbaren Anlass mit seiner Mutter umzugehen schien.

Wir entschlossen uns zu einem Therapieversuch und vereinbarten einen weiteren Termin. D. B. und ich würden uns in einer Woche an die Arbeit machen.

Als er kam, fragte ich ihn, was denn an seiner Störung für ihn so schlimm sei. «Wenn ich den Mund öffne, halten mich alle für einen Idioten», war die rasche und zornige Antwort. Dieses pauschale Urteil war der Situation kaum angepasst. Es zeigte mir, wie zerfallen er mit sich und der Welt war: in Ablehnung erstarrt. Ich wandte mich an seine Vernunft, erklärte ihm, wie die Sprechgeschwindigkeit unsere Einschätzung eines Menschen beeinflussen kann. «Die Menschen hören sehr darauf, wie etwas gesagt wird», erklärte ich ihm. «Leute, die sehr langsam sprechen, gelten oft für dumm. Je schneller einer spricht, desto schlauer, meinen die Leute, sei er.» Der Gedanke gefiel ihm, denn er zeigte die anderen beschränkt. So liess sich D.B. dafür gewinnen, mit der ihm eigenen Einsatzbereitschaft und Ausdauer an seiner motorischen Gewandtheit zu arbeiten. Wir haben dann mit Unterbrüchen zwei Jahre lang zusammen an seiner Sprechweise gearbeitet. Diese Arbeit wurde belohnt. Im Verlaufe der Therapie gewann er seine reichen nichtsprachlichen Ausdrucksmittel zurück und auch seine Rede kam lebhafter und natürlicher daher.

Nach und nach lernte ich D.B.s Geschichte kennen. Mehr und mehr erschien er mir als typischer junger Vertreter einer Leistungsgesellschaft, deren höchste Ideale Reichtum, beruflicher Aufstieg und gesellschaftlicher Erfolg sind. Alles Denken und Trachten waren ausschliesslich auf Leistung gerichtet, in Beruf und Sport zählte nur dieses eine. Als Belohnung winkte Lebensgenuss. Das Bewusstsein, besser zu sein, rascher voranzukommen, mehr zu verdienen als andere, entschädigte für harte Arbeit, Zielstrebigkeit und zähen Fleiss.

Die ursprünglichen Zielsetzungen seines Lebens haben D.B. geholfen, ein ungewöhnliches Mass an Wiederherstellung herbeizuführen. Lange glaubte er, er könne die Vergangenheit durch seinen Einsatz zurückholen. Zwar ermöglichten die Ideale der Vergangenheit beachtliche Fortschritte, doch die Erfolge der Vergangenheit blieben dem Zugriff entzogen. Das wachsende Bewusstsein der Kluft zwischen Ziel und Erreichtem wurde zur Quelle dauernder Versagung. Er stürzte in blinde Ablehnung. Während die Ideale, die ihn vor seiner Erkrankung so rasch, so weit getragen hatten, für Mediziner und Therapeuten erfreuliche Ergebnisse brachten, konnte er selber damit nicht glücklich sein, waren doch die Aussichten auf die alten Belohnungen in unerreichbare Fernen gerückt. D.B. brauchte neue Zielsetzungen. Da erinnerte er sich eines Jugendtraums und begann ein Buch zu schreiben.

Als er mir im Herbst 1991 erstmals von diesem Buch erzählte, lagen seine Anfänge ein Jahr zurück. Bald darauf brachte er mir sein Manuskript. Mit Mutters Tagebuch ging ich durch die schreckliche Durststrecke sich dahinschleichender Spitaltage, mit ihren kleinen Ereignissen, an die sich abends zu Hause die Hoffnung klammert, wenn das grosse Schweigen über die Zukunft sich beklemmend auf das Herz legt. Ich folgte D.B. in seine Auflehnung gegen das Schicksal, in seinen blinden Hass, in seine von Ekel erfüllte Leere, sah ihn in seiner Störung gefangen, ausgegrenzt, sich selber ausgrenzend, von Gemeinschaft abgenabelt, aggressiv, richterlich anmassend, taub für die Stimmen freundlicher Gefühle. In mir erwachte der Wunsch, sein Buch eine Weile zu begleiten und so dem Neubeginn eine Chance zu geben. Nach Abschluss der Sprachtherapie begannen fast drei Jahre intensiver Arbeit am Manuskript.

Unser Weg zurück in eine schlimme Zeit war beschwerlich. In der geduldigen Suche nach einer angemessenen Form, in die sich die unheilvollen Erfahrungen fügen mochten, klärte sich langsam die Erinnerung schmerzhafter Erlebnisse. D.B. gewann jene Distanz, durch die allein dem Wissen um unersetzliche Verluste die Spitze der Verzweiflung gebrochen wird. Seine Augen öffneten sich für freundliche Dinge, für Gemeinschaft mit anderen, er brach auf zu neuen Erfahrungen, Entdeckungen, Abenteuern. D.B. wandte sich wieder dem Leben zu.

Zu oft kommt es vor, dass nach einer Hirnverletzung medizinische Kunst und hochentwickelte Techniken der neurologischen Rehabilitation ein Leben retten und Selbständigkeit wieder herstellen, um sie danach in der Dürre verlorener sozialer Fähigkeiten verkümmern zu lassen. In Daniels Fall haben er selber, die Familie und viele Helfer es geschafft, gemeinsam ein freundliches Ufer zu erreichen. Wenn D.B. heute Bekannte trifft, die ihn längere Zeit nicht gesehen haben, rufen sie verblüfft aus: «Es ist ja kaum zu glauben! Du bist noch derselbe wie früher!» D.B. ist es gelungen, den Kern seines Wesens aus den Trümmern seines alten Lebens in ein neues Dasein zu retten. Das lässt jene, die ihn früher kannten, Sprechstörung und Bewegungsbehinderung vergessen.

Wir haben viele Stunden gemeinsam, viele jeder für sich allein in Stille gearbeitet. Indem wir uns durch geistiges Dickicht vorkämpften, wurde uns die Metamorphose unersättlicher Raupen zum Sinnbild unserer Arbeit: Sie fressen sich durch Unmengen Stoff, werden unförmig und aufgedunsen, verspinnen sich in dichte Kokons aus tausend Fäden, verwandeln sich im Verborgenen und kommen an einem freundlichen Frühlingstag beschwingt zurück ins Licht.

Dank

Dieses Buch ist dem Gedanken mir wichtiger Personen gewidmet. Meinen Eltern danke ich für ihre unersetzliche Hilfe auf dem Weg der Neuorientierung in den letzten Jahren.
Ich bewundere ihren Durchhaltewillen.
Herr Prof. M. G. Yasargil war meine Rettung, Herr Dr. med. J. Kesselring mein Wegbereiter in eine neue Zukunft und Herr Dr. med. A. Frei mein treuer Begleiter.
Frau Dr. phil. A.K. Birchmeier hat mir die Türe zu meinen Mitmenschen und zur Welt wieder geöffnet.

In diesen Dank schliesse ich alle ein, die mich auf meinem Weg hilfreich begleitet haben.

Daniel W. Bucher

Mein Dank gehört D.B., der tapfer und unentwegt den Weg in die Vergangenheit wagte und sich den Schatten seines Verhängnisses stellte.
Danken möchte ich auch jenen Freunden, die an meinen Sorgen um dieses Buch teilgenommen haben. Julia Ungeheuer in Bonn hat mich ermutigt, Jacques Isler hat viele formale Anregungen zum Text beigetragen. Ihnen gehört ein Stück dieser Arbeit.

Annette K. Birchmeier

Die Autoren möchten Herrn Dr. med. J. Kesselring für seinen schönen Beitrag danken, Frau A. Tanner für ihre ergreifenden Worte und Herrn Willy Peter, Oberwil-Dägerlen, für die Erlaubnis, sein Gedicht «1979» zu zitieren.